岸《きし》田《だ》奈《な》美《み》

国《こく》道《どう》沿《ぞ》いで、だいじょうぶ100回《かい》

小学館

国道沿いで、だいじょうぶ１００回

はじめに

この3年間で「だいじょうぶ」が、口ぐせになってしまった。

昔はもっと、奥の手というか、大魔法を唱えるというか、ともかくそれぐらい気力をふりしぼって「だいじょうぶ」と言っていたはずで。

なんなら、漢字の「大丈夫」だった。言うのも、書くのも。

そう言う時、目の前にはいつも、泣きっ面でスンスンしている家族がいた。

崖っぷちで、生きるか死ぬかのやりとりがあった。

励ますように、説得するように、言い聞かせるように、わたしは腹に力を入れて渾身の「大丈夫」を、口からぶっ放していたはずだった。

ところが。

今となっては、毎日のように「だいじょうぶ」を、連発している。

小刻みにうなずきながら「だいじょうぶやろ、だいじょうぶやわ、だいじょうぶやって」三連弾を放つときもある。用法、用量、守れてない。

こないだの年末だって。

夜中に突然、家の天井が落っこちて、上階のきったない水が濁流のごとく押し寄せてきた。駆《か》けつけた水道業者も、いまだかつて見たことないと困り果てる惨事だった。

ありとあらゆる家具と家電たちがオシャカになりゆくさまを眺めながら、わたしは母との電話を、

「……だいじょうぶや」

と、締めた。なにも、だいじょうぶではなかろうに。

破滅的な局面に出くわすと、うわ、あかん。まって。なんぼなんでも。むりむり。どないすんねん。顔が赤くなり、青くなり、ワーワー言うておりますけども、最後にはまあ「だいじょうぶやろ」という終点に、ヌルッとたどり着いている。

なんでやろ。

他人にもつい、この調子で「だいじょうぶ」を言ってしまう。

どんなに困っていても、なんにもしてあげられないこと、なんにも変えられないことに、ベチョ泣きしそうになりながらも、やっぱり言ってしまう。

なんでやろ。

いったいどうして、「だいじょうぶ」なんて、言ってしまうんやろか？

昔と今では、わたしが込めている意味も違うような気がする。

昔の「大丈夫」が「どないかしたる」という意味だとしたら。

今の「だいじょうぶ」は「かまへんかまへん」という意味が近い。

明らかに、テキトーで、軽くなってやしないか。

そんなもん、本当に困っている時に、なんぼ言うても、どうにもならんのに。

食器をせっせと集めるのが趣味の母に、生前、父が言い放ったことを思い出す。

「あのな、皿は助けてくれへんのやぞ」

なんとまあ、いちいち余計なことしか言わんのやと呆《あき》れたが、実際、皿は数年後に地震で落っこちて粉々となった。

「だいじょうぶ」も、わたしを助けてくれない。しんどいことは、しんどいまま、ずっと立ちはだかっている。

それでも、言ってしまう。

もはや、言わされてるとしか思えない。

だ、だれに？

言いそうな顔が思い当たる。ヘラヘラ笑ったマヌケ顔である。

それは、過去のわたしだ。

家族が死ぬかもしれない手術にサインしたわたしが、真夏の球場でホットコーヒーを売らされたわたしが、元気なスズメバチを掃除機で吸い込んだわたしが、崖っぷちにてなんやかんや間一髪、だいじょうぶだったわたしの数々が。

「だいじょうぶ」をやかましく合唱している。カエルのごとく。人生球場のベンチから、打席に立ち尽くすわたしに向かって、叫んでいる。

生きるごとに、ベンチ入りメンバーが増えていく。

テキトーな「だいじょうぶ」は、わたしのためにあったのだ。

それほど役に立ってくれるわけでもない。「だいじょうぶ」と言われたところで、そんなわけあるかいと言い返したり、なにがわかるねんと腹を立てたり、どうにもならんわと空を仰いだりすることばかりだ。

でも「だいじょうぶ」は、だいじょうぶじゃなくても、だいじょうぶになるまで、そばにはいてくれる。いつの間にかだいじょうぶになったら、言うてみるもんやなあと、びっくりしながら、ベンチ裏へ引っ込んでいく。

アンタのおかげちゃうわ。わたしのおかげや。わたしは誇らしげに宣言する。

この本に載っている話はぜんぶ、返事のいらない手紙みたいなもんである。わたしがわたしへ、思いつきで、行き当たりばったりで、軽々しくぶん投げてきた「だいじょうぶ」が折り重なり、一冊になった。

千社札《せんじゃふだ》のごとくベタベタと、魔術師の壺《つぼ》のごとくグツグツと、寄り集まった
「だいじょうぶ」たちを、のぞき込んでってほしい。
言うてみるもんやなあ、と思ってもらえたら。
書いてみるもんやなあ、とわたしは思うことでしょう。

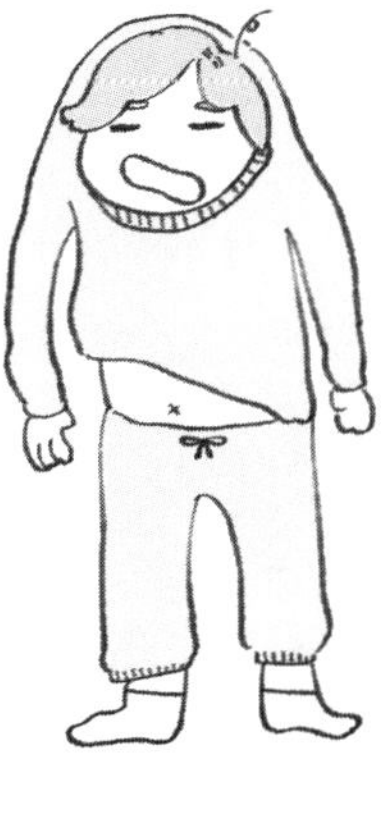

もくじ

いつもの岸田家

弟が大金を稼いだので、なにに使うかと思ったら

その日、岸田家の歴史が揺《ゆ》らいだ。

弟が、莫《ばく》大《だい》なお金を稼いだのである。莫大とは具体的に、ダウン症の彼が福祉作業所で30年働いてやっと手にするはずの金額。それを、ものの数時間で稼いだのである。

わが家から、富豪が爆《ばく》誕《たん》した。

福祉作業所では、平日の朝から夕方まで気ままに働き、日給は５００円だが昼食が４５０円なので、手取りわずか50円だった弟が。

一夜にして、富豪に成ったのだ。

さて、気になる稼ぎ方は。

カレンダーの数字を書く職人だ。

文字を書けなかったはずの弟が、わたしの初作『家族だから愛したんじゃなくて、愛したのが家族だった』を出版するとき、ページの数字（ノンブル）を練習して書いてくれたことがあった。

報酬は、わたしからのコーラ一本で、手を打ってくれた。

出版後、

「良太さんに、手帳のカレンダーを書いてもらいたいのです」

ノンブルが株式会社ほぼ日の皆さんの目に留まり、弟あての依頼が舞い込んだ。どっひぇー。たまげた。

このあと、

「仕事の受注には、まず弊社が運営しているカレンダープロフェッショナルアカデミー（入会金50万円、月謝5万円）に2年間通ってもらい、練習生としてオーディションに挑戦していただくことになります」

……などと罠《わな》に誘われてもおかしくないほど、美味い話である。

「良太、お仕事、やってみる？」

「んー、ええで」

弟は答えた。すでにカレンダー職人の貫禄《かんろく》があった。

職人の朝は早い。弟はたらふく朝ごはんをたいらげ、腹を出してソファに寝っ転がったあと、ようやく取りかかった。

左に数字の見本を置き、職人はそれをていねいにペンで書き写す。

「のどかわいた」

職人が所望するので、わたしはとっておきである青森産ストレートりんごジュースを提供した。

ノンブル文字の時は、０から９までの文字をそれぞれ４パターンほど書くだけだったが、今回依頼されたカレンダーでは、１から31までの文字を12パターンすべて書くことになった。

３７２文字。

職人の集中力は短い。

空気を読まない犬が遊びにくると、わしゃわしゃなでる。犬が遊びにこなくても、10分くらい書いたら、10分の休憩をはさむ。

進み具合は、10文字くらいである。

職人……手を……手を動かしてください！

数字だけではなく、「月曜」から「金曜」までの漢字も、職人は見様見真似で習得する。弟にとっては、25歳にしてはじめて漢字を習っているのだ。

途中、職人の手は、完全に沈黙した。飽きあそばされたのだ。

「おつかれー。残りは明日やね。なんか、いるもんある？」

せめて今夜は、職人の好物でもごちそうしようと思った。

「おんせん」

「え？」

「おんせん」


すぐさま温泉宿を予約した。

きっと職人の手は、わたしには想像もできないくらいの疲労に見舞われたのだ……。温泉で癒やさねばならない。かの夏目漱石《なつめそうせき》も、湯治《とうじ》に頼ったという。きっとそういうことだ。

旅館の受付でクレジットカードを差し出しながら、わたしは己《おのれ》に言い聞かせる。

職人の喉は渇《かわ》きやすい。

湯上がりにジュースをひたすら飲んでいた。ドリンクバーを制覇していた。

このままジュースで酔っ払いあそばされるのではないかと心配になった。

ギアを上げよう。褒《ほ》めて、褒めて、盛り上げることにした。

「職人！　お上手です！　今日は筆が乗ってます！　あーッ、斬新なトメ&ハライ、しびれるゥ！」

筆の遅い文豪をたきつける、昭和の編集者である。

ちょっと待て。手伝ってしもてるけど、なぜわたしが自腹で温泉代を払ってまで、中間管理職を務めねばならんのだ。

カレンダー素材が完成したのは、夜更けだった。

そして。

弟の書いたカレンダーは、立派な手帳になった。

「365にち」という素敵なタイトルで。

弟に完成品を渡すと、

「ぼくの――？　マジで？」

びっくりしていた。マジだよ。姉ちゃんは10冊買ったよ。同じ手帳を10冊買うなんて、初めてのことだよ。


ここからが本題。

弟は、報酬として30年分の給与にあたるお金を手に入れた。

母は言った。

「どうしよう。これは一応、将来のために貯金しておいて……」

わたしは答えた。

「いや、職人が稼いだお金やねんから、職人に渡して、好きに使ってもらおう」

母は驚愕《きょうがく》した。

「あの子はお金の価値をようわかってないんやから、あぶないわ」

「お金の価値は使ってみな、わからんねん！」

わたしだって、子どものとき、大切なお年玉を縁日の『ニンテンドー ゲームキューブが当たる１０００円くじ』で全額スッて、吐くほど泣きながら、お金の価値を思い知った。

「もし誰かにだまされたり、盗《と》られたりしたら……」

「人生はな、落とした金をネコババされたり、貸した金を返してもらえんかったりして、ナンボやねん」

「ええ……」

「痛い目にあうっちゅーことは、強くなるっちゅーことや。その機会をな、うちらが勝手に奪ったらあかんと思う」

めちゃくちゃな理論でたたみかけるのだけは、我ながら達者だ。口から出任せを放つことにおいては、父ゆずりの才能がある。

わたしはただ、弟がどうやってお金を使うのか、おもしろがってるだけである。

「困ったら、わたしがなんとかしたる！」

結局、報酬の3分の2は、将来なにかあったときのためとして弟の口座に納め、残りを弟に渡すことにした。それでも大金には変わりない。

弟への受け渡し方法はＩＣＯＣＡ《イコカ》（交通系ＩＣ《アイシー》カード）にした。

わたしは知っている。

彼が、ＩＣＯＣＡにただならぬ憧《あこが》れをいだいていることを。

わたしがコンビニでピッてかざして決済してる時の、あのまなざしったら、もう。

新品のＩＣＯＣＡに万単位でドカンとチャージし、弟に手渡した。

弟は目を閉じた。

「ありがと……ありがと……」

ちょっと、こう、見たことがない種類の喜び方だった。最寄りのマクドとローソンで使い方を教えたら、光の速さでピッとしていた。

そうやんな。いつも、200円とか300円とかの現金しか、持たせてもろてないもんな。ピッとするの、かっこいいやんな。

「好きなもん、買うてええねんで！」

「ええの？」

「あんたががんばって稼いだ、お金や」

「ええの？」

「せやけど、ちゃんと考えや」

弟にはちゃんと伝わっただろうか。でも、大切に使うかどうかも、決めるのは彼である。

たぶん、ゲームを買うだろうと、わたしは予想していた。

毎日、毎朝、毎晩、ニンテンドースイッチがほしいと言ってくるのだ。どんだけほしいんや。

だから、ゲームを買うはず。

……と、思っていたのだが。

弟のはじめての買い物は、ゲームではなかった。

弟がＩＣＯＣＡを手にした翌日、母は朝から体調をくずし、高熱で寝込んでいた。

福祉作業所から帰ってきた弟の手には。

マクドのエッグマックマフィン……。しかも、冷え切った……。

朝にしか販売していないメニューを、なぜ夕方に持ち帰ってくるんだ。ひとりで歩いて、買いに行ったのもびっくりだけど。

福祉作業所のスタッフさんに連絡してみると、

「お母さんにお見舞いだって、朝の休憩時間に買ってこられたんです。ご自分のハンバーガーとコーラのセットは、お昼に食べられました」

母は涙目になった。

「ありがとうねえ、優しいねえ」

そう言いながら、青紫色の顔でマフィンをかじったが、まあ普通に病人なのでそれ以上、食べられなかった。姉がぜんぶ食べた。

後日。

元気になった母が車を運転し、家族で買い物に行った。

「夜ご飯どうする？」

「なんか買って帰ろうか」

弟が、

「マクド」

口を挟《はさ》んだ。

「えーっ、また？」

弟は、ポケットからＩＣＯＣＡを取り出した。

「マクド、ぼく、おかね！」

母の運転する車が、マクドのドライブスルーにすべりこんだ。

こういう場合、大抵、運転席の窓をあけて、商品を買うと思うのだが。

意気揚々と後部座席の窓をあけた。うちの大富豪は後部座席に乗っているから。店員さん、戸惑ってた。

「良太、ここはお姉ちゃんが払うで」

「ええねん、ええねん」

もうこれは30回以上の飲み会で、部下におごってきた課長の雰囲気《ふんいき》だ。弟は職人であり、課長でもあったのだ。

「おごってくれるん!?」

「ええねん」

弟は顔をほころばせた。彼がこういう顔で笑うのは、けっこうめずらしい。

弟は何日経《た》っても、ゲームを買わなかった。

すきあらば、家族にマクドをおごろうとしてくる。

わたしは気づいた。

弟は、自分で自由に使えるお金がほしかったわけではない。

だれかのために、お金を使いたかったのだ。

だれかのためにお金を使うことに、ずっと、ずっと憧れていたのだ。

ドケチなわたしは忘れていた。人におごることのうれしさを。

汗水たらしてゲットした初任給で、家族にラーメンをおごった日の喜びを、

思い出せ、岸田奈美。

弟は、25年間も待ちわびた喜びをかみしめている。人が働く意味を、お金を得ることの意味を。その自由さも不自由さも、すべて。

誰に、教えてもらったわけでもないのにね。

お金をうまく稼ぐ才能より、お金をうまく使える才能のほうが、よっぽど人を幸せにするのかもね。

数日後、弟があまりにもマクドに通うことが、家族会議で問題となった。年末にせまる弟の健康診断や、作業所の仲間にマクドをおごりまくる不審なあしながおじさんと噂《うわさ》されるリスクを鑑《かんが》みて、

「ＩＣＯＣＡを持っていくときは母に言う。なにに使ったかは一緒に確認する」

というルールが岸田家に組み込まれた。しゃーない。

ゲームは弟の誕生日に、姉が買ってやることになった。なんでや……。

余談だが、胃腸が弱く、ジャンクフードをあまり食べられない母は、

「良太。あのな、ママが好きなのはスタバ。スタバやで。このロゴのな、コーヒー屋や」

わざわざスタバの紙コップを引っ張り出し、レクチャーに明け暮れているのだが、弟はかたくなにマクドばかり買ってくるのであった。

札束の詰《つ》まったリュック

韓国の平昌《ピョンチャン》でパラリンピックが開催されるので、見学してこいと言われた。わたしがまだ会社員だった頃の話だ。

真冬。豪雪吹きすさぶ平昌の山。ヒグマも凍る。

行きたくねえ。でも仕事なんです。

せめて、人に気をつかわず過ごしたいという一心で、申し出た。

「同行者は、母にします」

オカンの許可を得る前に。オカンの無断拝借。

車いすに乗ってる母がいれば、バリアフリーの調査もしやすいでしょうと理由をつけて。雪が降り積もる会場で、車いすの客がどう過ごしてるかなんて、当時は情報がなかった。

会社からも二つ返事で「貴重な情報が得られそうだからぜひ」とＧＯ《ゴー》サインが出た。出発の1か月前くらいに母へ伝えたら、口をあんぐり開けて、愕然《がくぜん》としてた。寒さにめっぽう弱いのである。

出発日。

伊丹《いたみ》空港から成田空港へ飛び、そこから取引先の人たちも合流して、韓国の仁川《インチョン》空港に飛ぶという手はずだった。

余裕のスケジュールだったはずが、強風だったか積雪だったかで、成田空港に到着する便が遅れて。国際線の乗り継ぎがギリギリになって。

あと5分で搭乗口までたどり着かないと、間に合わないっていう今際《いまわ》の際《きわ》に。

尿意《にょうい》が……きまして……。

ちょうどロビーの途中に女性用トイレがあったので、母を待たせて、飛び込んだ。

「急いでよ！」

「わかってるって！　わたし早いから！」

わたしは昔から、トイレで事を済ませるのが家族の誰より早い。工程をきっちり踏んでるにもかかわらず。小学校のクラスでも一番早かった。無駄なことばかりしているわたしが誇れる合理性は、これだけである。

個室に入ろうとすると、満室だった。

いや、違う。ひとつだけ空いてる。一番端のドア。

すべり込んだ。

水を流して、やっと気づいた。便座の後ろの棚に、小さな布製のリュックサックが置いてある。

ふた部分がショッキングピンクで、本体はパープル、ポケットはイエロー。よくもまあこんな派手なもんが目に入らなかったもんだ。

とにかく空港スタッフに届けなければ。ふたの上の取手をつかむ。

パカッ。

ふたが開いた。

札束が詰まっていた。

「！？！？！？！？！？！？！？！」

正真正銘、一万円札の札束だ。真ん中が、紙製のテープみたいなもんで縛《しば》ってある。１００万円だ。漫画で見た１００万円の姿だ。

１００万円って思ったより薄い！　札束でしばいたろかとはよく言うものの、これで頬《ほお》を殴るには心もとない！

リュックサックのポケットも膨らんでいる。ぺろんと開いた。紙幣がぐちゃぐちゃに詰め込まれていた。

いろんなことが一瞬で頭を駆け巡る。なにより先によぎったのは、

「いまこの個室の扉を開けたら、額《ひたい》に銃弾が打ち込まれるのではないか」

という危険であった。

死体をアラスカ行きの貨物機にブチ込まれるところまで容易に想像できた。

そうこうしているうちに、スマホが鳴る。母からのメッセージだ。

「まだ？」

このままでは飛行機にも遅れる。どっちみちアラスカ行きと同等の社会的制裁を受けてしまう。

ええい。意を決し、個室を出た。誰もいなかった。

何食わぬ顔で手を洗い、びたびたと指からしずくを垂らしたままリュックを抱きかかえ、外へと走り抜ける。待ちかねていた母と目があった。

「なにそれ？」

「お金」

「お金？」

「お金、いっぱい、入ってる。これ、見つけた」

雪男のような言葉しか出ない。

ただならぬ状況を察した母が、めずらしく大きな声を出す。

「あんた、なんでなん！」

この「なんでなん！」は、母が本気でパニックに陥《おちい》ったときに吐くエラーコードのようなもんだ。なんでもなにも、誰も理由がわからないから、答えようがない。

母のなんでなんを聞くのは、９年ぶりだ。

当時大学受験の筆記試験が終わり、車で迎えにきてくれた母が、

「どうやった？」

食い気味に聞いてくるので、

「開始と同時に鉛筆がぜんぶ折れて、一問も書けへんかった」

わたしがしれっとホラを吹くと、カーブでハンドルを大きく、大きく切りながら、

「あんた、なんでなん！」

血相を変えて叫ばれた。車体が揺れる声量だった。

今回もそれと同じだ。

なんでなんと聞かれてましても。

子どもの頃のわたしは、オロオロするといつも母の足元をくっついて回った。あの頃の母は万能だった。こんな落としもの、いくらでも片づけてくれそうな頼りがいがあった。しかし今やわたしも成人である。

ここには、オロオロしている成人と、オロオロしている成人しかいない。なにも解決しない。ただ「なんでなん」という叱咤《しった》のような困惑《こんわく》のような言葉だけが宙を舞う。

「おおおおお落ち着こ。これまず警備員さんとこに持っていこ」

「ででででででも時間が……」

「時間より命が危ないかもしれん」

「なんでなん！」

伝家の宝刀「知らんがな」を抜いた瞬間、パタパタと足音が聞こえた。すらっとした細身で彫りの深い顔をした外国人の女性が、息を切らせてトイレへ駆け込むところだった。右手には、ニット帽をちょこんとかぶった、小さな女の子を連れている。

「Sorry《ソーリー》……」

彼女はわたしの荷物を見ていた。

「This《ディス》? This《ディス》?」

わたしは問いかける。

「Yes《イエス》! Yes《イエス》!」

彼女も答える。

リュックを渡す。彼女は中を見なかった。重みだけで中身の無事を察したのか、それとも、中身を他人の目に触れさせるわけにはいかなかったのか。

「アリガト、アリガトゴザイマス……！」

親子は走り去っていった。

わからないことだらけであった。そのお金は一体なんなのか。なんでそんな大金を持ち歩いているのか。出国するのか、入国したのか。カタギなのか、カタギじゃないのか。

ただひとつ確かなことは、リュックを抱えた瞬間、彼女がぶわっと目に涙をため、顔をほころばせたことだ。わかる。わかるよ。忘れ物に気づいたとき、血の気が引くあの感じ。心臓バクバクさせながら走ってる間も、最悪の結末を予想して、気絶しそうになるあの感じ。もう戻ってこないと思った忘れ物が見つかったときの、あの表情。

わたしもたぶん、あの表情をこれまで何度も浮かべてきた。名前も知らない、優しい人々に、助けられて。

母とふたりで顔を見合わせ、息をついた。集合時刻には普通に遅れて、相手方の重役が走り回って探していたので、当然、大目玉だった。

「札束が入ったリュックを見つけまして……」

などと言うべきか迷ったが、結局、言えずじまいだった。なんでなん！

と聞かれても、答えられないからである。

おしゃべりは突然に

革命は、漬物《つけもの》とともに、食卓へ訪れた。

週末、母とわたしと弟の３人で、お夕飯を食べていたときのことである。

「なんやこれ……」

「むっちゃ美《お》味《い》しい……なんて名前のやつ？」

「えーと、〝めしどろぼう〟って書いとる」

あまりのウマさに隣の家から米を盗《ぬす》んで来るという意味。人の道を踏み外させるほど業《ごう》の深い漬物が、我が家にやってきたのだ。

「漬物と米だけでええわと言うたらそれは老婆《ろうば》の始まりやと思ってたけど、これは始まってしまうわ」

「奈美ちゃんがこっちの世界に来てくれてうれしい」

母とガツガツやってると。

「なにをいうてるねん。いややわー、ほんま」

ピタリ。わたしたちの箸《はし》が止まった。

いま、オバチャンがおった？　そんなバカな。

わたしと母のほかには、弟しかいない。

「良太がしゃべった？」

お茶碗《ちやわん》片手に母が驚愕しながら、弟に聞く。

弟はニンマリと笑った。

「いうたやん、もう、いややわー」

オバチャンがおった。あまりにハッキリした発音だった。

脈絡《みやくらく》もなく突然、ネイティブなオバチャンが出現したことにより、食卓は騒然となった。

めしどろぼうによって狂わされた人間の幻聴かと不安になり、後日、知人にも立ち会ってもらったところ、バッチリ伝わった。

ある日、わたしが席を立つと。

「なみちゃん、カギわすれとる。ほんまにあかんで！」

弟がわたしを呼び止めた。しゃべっている。はっきりと。ろくに言葉をしゃべれなかったはずの弟が。

変わったことといえば、弟がこの2か月前、家を出て、グループホームで同じくダウン症の人たちと暮らしはじめた。とはいえ、駅前留学じゃあるまいしたった2か月やそこらでこんなことが起きるだろうか。

弟から、カギを受け取る。

「なみちゃんはもう、ほんまに、あかんわこれ」

「やかましいわ」

イラッ。海外に短期留学した友人が、夏休み明けに帰ってくるなりルー大柴みたいなしゃべり方になったときと同じ成分のイラッ。

言葉以外にも、変化があった。

風呂上がりにリビングへ行くと、弟がいた。

シュピッ。シュパッ。

タオルを振りかぶっている。

「オオタニ、ショウヘイ、です」

「そっか、大谷翔平か」

だからなんだと言うのだ。

野球選手の形態模写もできるようになっていた。もともと彼は、野球などまったく興味がなかった。試合中継に目をくれたことすらない。ルールだって知らないはず。

「誰から教わったん、それ」

「かいとくん」

「そっか、かいとくんかあ……」

誰や。


かいとくんの正体は、グループホームの同居人だった。

ああ、そういえば。

週末は実家で過ごした弟を、日曜の夜にグループホームへ送っていくと、庭でバットの素振りをしている青年がいた。

シュッとした長身、スポーツ刈りの髪、バット、そして着ている服の刺《し》繡《しゅう》は『ＯＨＴＡＮＩ』で、背番号17。彼が、かいとくんか。

「うわーっ、きっしゃん、髪切ったんか！　めっちゃ似合ってるやん」

きっしゃんって誰や。散髪してきたばかりの弟は、頭をポリポリとかきながら照れていた。お前か。

「あとで野球しよや」

ふたりはグループホームへと楽しそうに吸い込まれていった。

かいとくんにも知的障害がある。野球はかいとくんが教えて、カラオケは弟が教えているそうだ。

かいとくんは年下なので、弟の方が先輩風を吹かせているように見える。友だちの話をするときの弟はどこか、誇らしげだ。

そうか。

家族では、ダメだったのか。

言葉を多く交わさずとも、わたしたちは、それなりにわかり合えるようになってしまった。家族だから。

弟が出かけるとき、母やわたしは彼の通訳もした。

言葉の壁で、弟を傷つけたくなかった。

でも、実際は違った。

「かいとくんと楽しく暮らしたい」という思いが、弟に言葉をしゃべらせた。同じ家で生活していると、嫌なこともあっただろう。頼みたいことも、喜ばせたいこともあっただろう。うまくいかなくても、傷ついても、なにかを伝えたい相手。

弟に必要だったのは通訳ではなく、そんな対等な友だちの存在だったのだ。

「えっ、なに？　もう一回言うてや！」

かいとくんが聞き、弟は繰り返す。ちょっとだけ言葉や身振りを変えて。蚊帳《かや》の外に放り出されてしまった。わたしと母は、ほんの少し寂《さび》しくて、かなりうれしい。

もう大人で、新しい友だちなんかめったにできなくなったわたしは、かなりうらやましい。

1年後、わたしは沖縄にいた。

わたしのエッセイが原作のドラマ『家族だから愛したんじゃなくて、愛したのが家族だった』の撮影現場の見学で。

プールの水面を、ジンベエザメの浮き輪につかまって、ぷかぷか浮いている彼に会いにきた。彼の名は吉《よし》田《だ》葵《あおい》くん。弟・岸本草《そう》太《た》役を演じる、ダウン症の俳優だ。

葵くんの演技を見るのは、これで2回目。

「よーい！」

カメラがまわる。

スーッ。

ジンベエザメが、水面を泳ぎだす。葵くんが水面をウニョウニョと蹴《け》り、気持ちよさそうに進んでいく。

「カーット！　もう一度、進む方向かえて！」

スタッフさんがジンベエザメの尻尾《しっぽ》をつかみ、逆再生のごとく引き戻されていく。うなだれる葵くん。

長引きそうだなと思っていると、大きな声が響いた。

「あのう、これって、足をバタバタさせたほうがいいですかー？」

葵くんの声だった。

びっくりした。

東京で撮影が始まってすぐの頃の葵くんは、こんな風にハキハキと自分の考えを話せていなかった。

葵くんが着替えている間、葵くんのお母さんにおそるおそる近づいた。

「葵くんたら、しゃべるの、めっちゃ上手になってらっしゃいません……？」

お母さんも、びっくりしていた。

「や、やっぱりそう思いますかっ」

「そう思いすぎます」

「わからないことや、思ったことを伝えると、撮影がうまくいくっていうのに葵も気づいたみたい。一生懸命、言葉にしようとしてるんです……」

演技経験もなく、複雑なシーンも手探りで、時折アドリブを入れすぎてしまっていた葵くんのことを思う。

「岸田さんは、やっぱりわかるんですね」

そりゃあ、もう、わかるに決まってるじゃないですか。

次は、たぶん、野球ですよ。

ドライブスルー母

入院というのは、人をここまで豹変《ひょうへん》させるものかと、おののいたことがある。

17年前、母は重い心臓病をいきなり発症した。手術で一命をとりとめたものの、下半身にマヒが残ってしまった。一度は退院したが、寝返りがうまくできず床《とこ》ずれも患《わずら》ったため、1年の長期入院が追加された。

明るくお茶目な母も、さすがにこたえていたようで。

「奈美ちゃん、ごめんなァ……。もうすぐ誕生日やのに、ご飯もなんも作ってあげれへんくて」

「ええねん。しゃべれるだけで楽しいわ」

「お見舞いも毎日来てもろてるけど、しんどくない？」

「帰りに本屋さんよれるし、ええよ」

あっけらかんと返した。

「ごめんなァ……」

どこかホッとしたような苦笑いをしていた母。

「ほな明日、スタバでコーヒー買ってきてくれへん？」

お安い御用だ。

ところが、日を追うごとに、新たな御用が繰り出されていく。

「どん兵衛が食べたい」

母は病院の食事を残しがちだった。茶碗の白米を食べきったのを見たことがない。床ずれを治すには、いっぱい食べて、尻《しり》に肉をつけなければならないというのに。

その母が、どん兵衛なら食べられるという。

コンビニで買ったどん兵衛にお湯を入れ、持っていくと、母は「ギャーッ！これやこれ！」などと、子どものような歓声をあげてズルズルいった。

次の日も、その次の日も、母は涙目で言った。

「今日はどん兵衛、ある？」

どん兵衛なんて、家で食べたことないのに、あんた。

母は栄養管理には厳しい方で、体に悪そうなものや、油っこいものには手を出さない。好物はシソとゆず大根。

その母が、どん兵衛に侵された。

「どん兵衛はええけど、病院の食事はどうするん」

「……奈美ちゃん、食べて帰ったら？」

病院の食事が母のベッドに運ばれてきたら、ジャッとカーテンを引いて、わたしは母の病院食を、母はどん兵衛を、コソコソとたいらげる。そしてジャッとカーテンを開ける。完食。イリュージョン。

太り気味だったわたしは、健康的に痩《や》せた。イリュージョン。

それからも母の御用は増えた。たとえば「リハビリするときに着るTシャツは、ビームスがいい」とか、「差し入れのおにぎりは、家で握《にぎ》ってきてほしい。具は梅とカツオね」とか。

もしかして、もしかしなくても、ワガママになった。

遠慮がちだった母らしくないなあと不思議だったが、

「はいッ。梅とカツオのおにぎり。題して、ウメミヤカツオや！」

わたしが米を握って持っていくだけで、

「天才や……わたしは天才の娘を産んだんや……！」

泣いて大喜びされるのは悪い気がしない。

後遺症で二度と歩けなくなってしまった母が、生きるのをやめてしまうことが怖かった。病室で母を喜ばせられている間は、生きる希望がつながっているようで、うれしかった。

平日、わたしがお見舞いに行くのは、高校の授業が終わってから。

高校から駅までは「白馬ジャンプ競技場か」と思うぐらい猛烈な坂道を20分かけて下り、電車に40分立ちっぱなしで乗って、得体のしれない黒くて大きな魚がミッチミチに群れている川沿いを進み、やっと母の病院へ着く。

これをほぼ、毎日だった。

終われば、1時間半かけて家に帰る。

1年も続けていると、お見舞いが面倒になる日も増えた。申し訳ないけども。

だって、わたしゃ高校2年生なのだ。

忌々《いまいま》しい先輩どもが受験勉強で忙しくなった今、駅前のミスドを同級生で堂々と占拠《せんきょ》できるようになったし。文化祭には屋台も出すし。サッカー部のイケてる茶髪の男子と、同じ委員になれたし。

高校で一番、気楽で楽しいシーズンに突入できたといっても過言ではない。

青春を謳歌《おうか》していると、あの川にいるミッチミチの大魚の生臭《なまぐさ》さが、フッと鼻をつく。病院の廊下をウーウー唸《うな》りながら徘徊《はいかい》する、患者さんの暗さをフッと思い出す。

15分、30分、1時間……。日を追うごとに病室に着くのが遅くなっていった。

そして、ついに。

「ごめん。来週から試験もあるし、今日はお見舞い行かんでもいい？」

その日は、遅れに遅れたあげく、ドタキャンしてしまった。

母なら許してくれると思った。

だって母は、わたしが学校のことを楽しそうに話すと、安心して喜んでくれたから。試験のことも心配してくれていたから。

ところが、電話の向こうの声は重たい。

「ちょっとぐらい、来れへん？」

「いや……もう遅いし。駅まで来ちゃったし」

「なんでよ。奈美ちゃんのこと、待ってたのに……」

恨《うら》めしそうな声に、カチンときた。

「こっちだって疲れてるんやから、わかってくれたっていいやん」

こういう時、折れるのは母のはずだった。いつもなら。

「奈美ちゃんは、どこにでも行けるから。わたしが今、どんなに悲しくて、ショックかなんて、わからへんよね」

母は泣いていた。こんな言い方をされるのは初めてで、びっくりしてしまう。

プツン、ツー、ツー……。

電話は切れた。

わたしは戸惑いつつも、ちょっとイライラしていた。今まで母が、わたしを責めることなどめったになかった。

いつもわたしの味方でいてくれたし、わたしの悲しみにも寄り添ってくれた。父が亡くなってからは一層のこと。

母のあんな言い草は、初めて聞いた。

電車に揺られながら、山の向こうに落ちていく夕陽を見た。この夕陽を、母は今、たったひとりで見ているのだ。無性《むしょう》に悲しくなったが、今さら引き返すのも、謝るのもいやで、ケータイを握りしめていた。

翌日は土曜で、昼から病院へ行った。おそるおそる。

ベッドの上で上半身を起こして座っていたのは、いつも通りの母だった。

昨日の言い争いなどなかったかのように迎えてくれた。

テーブルの上には、マクドナルドの紙袋が置いてあった。

だれか来たんだろうか。

……聞きたかったが、やめた。

それからも何度か、お見舞いを休んだけど、後にも先にもあんな言いあいになったのは、例の一回だけである。

退院と同時に、母のワガママはどこへやら消えてった。

あれは一体なんだったのか。

母の気持ちがようやくわかったのは、つい最近のことである。

病室　夜が心をそろそろ蝕《むしば》む
唸る隣の部屋が　開始の合図だ
――星野《ほしの》源《げん》「地獄でなぜ悪い」

昨日、この曲がラジオから流れてきたとき、母は「そうそう！　これこれこれ！　この気持ちよ！」と大興奮した。

なにかと思えば、あの入院の日々のことだった。

一口に入院といっても心の持ちようはかなり異なるらしい。手術であちこちメスを入れられ、アジの開きみたいに成り果てた体の痛みを麻酔《ますい》で散らしながら、生きているのがやっとの日々だった入院とでは。

そのあと尻の傷が化膿《かのう》して、傷がふさがるまで安静を強いられた追加の入院では、大きな違いがあったという。

「なんでわたしはこんなに元気やのに、なんもできへんのやろう……」

そう、母はすこぶる元気だったのだ。

尻の傷はひどかったが、手術の後遺症で、下半身が完全にマヒしてるから、まるで痛みは感じない。

感覚はなくても、傷がふさがるまでは、尻を圧迫することを固く禁じられていた。

お見舞いやリハビリのちょっとの時間をのぞいて、座るのもダメ。車いすに乗るのもダメ。仰向けに寝るのもダメ。

一日中ずっと、横を向いたまま、尻を浮かせて寝ているだけ。

たまに看護師さんがドタドタとせわしなくやってきては「はいっ、せーの」と、競りにかけられた冷凍マグロのように母を転がし、パタパタと走り去っていく。マグロは腐《くさ》るのを待つように、転がるのみ。

今ならスマホがあるので、横になっていても映画やら、本やらで、まだ気を紛《まぎ》らわせられたかもしれないが、当時はガラケーである。

「テレビでも見よかな……」

おもしろくもなんともないが、ないよりはマシらしい。母がテレビをぼんやり見ていると、突然ブッッと画面が暗転した。

プリペイドカードの残高が切れた。

テレビを見るのにも金がいる。地味にきつい。母は見る気をなくしてしまった。

人類は原始から、洞窟《どうくつ》の奥で焚《た》き火を囲み、石槍《いしやり》を研《と》ぎながら、おしゃべりをして暮らしていた。そうだ！　おしゃべりだ！　おしゃべりを楽しもう！

母は猛烈な聞き上手なので、どこへ行ってもよく話しかけられる。おしゃべりに困ったことはない。

「あのう、今日はいい天気ですねえ。お布団がいらないくらい」

隣のベッドのおばあさんに、母は話しかけた。

「ほにゃろっぱ」

ほにゃろっぱ。

方言かしらんと思ったが、何度聞いても、なにを聞いても、ほにゃろっぱであった。おばあさんの頭は、でっかいボルトが横に貫通しており、ヘルメットで固定されていた。

おばあさんはここではないどこかの楽園に意識を飛ばして生きているようで、夜になると唸《うな》りながら、病室を花園のごとく歩き回っていた。おしゃべりどころのさわぎではない。

母は押し黙った。

頭がはっきりして、気分もいいのに、病室から動けなくて、やることもない。それがこんなにもしんどいとは、母は想像もしていなかった。

ほにゃろっぱバアさんですら、歩いてリハビリに出かけていくのを見た母は、なんの努力もしてない寝たきりの自分が、ものすごくダメな存在に思えてくる。

「あかん、あかん！　わたしはいま、体を治すのが仕事なんやから……」

何度も思い直したが、心は着実に腐っていった。

そんな母にとって、唯一の希望が、娘、つまり、わたしのお見舞いだったというわけだ。

先生や看護師は母を病人として扱うが、わたしは変わらず母を母として扱う。自尊心をゴリゴリに削られた母は、辛うじて、わたしに母として振る舞うことで、自尊心の削りカスをかき集め、取り戻そうとしていた。

お見舞いの日は、朝5時ぐらいにワクワクして、目が覚めたらしい。わたしが座るパイプ椅子をチラチラと、何度も確認して。

病室に現れる制服姿のわたしは、母にとって、菩薩《ぼさつ》の降臨《こうりん》のごときまぶしさだった。菩薩がアツアツのどん兵衛を持ってくるものだから、宗教画として後世に遺されうるほどの熱い感激である。

食が細くて毎日のように看護師さんから、

「あーっ！　きーしーだーさーん、まーた残してはるぅー」

間延びしたお小言を散々言われる母だったが、わたしの前では、

「奈美ちゃんが来てくれた日は、なんぼでも食べれるねん」

と大見得《おおみえ》を切って、どん兵衛をズルズルいった。

わたしが「ほな、また来るね」と席を立つと、母は精一杯の笑顔で見送る。

本当は行かんといてと、泣いて叫びたかったらしい。

わたしが出ていった瞬間から、母の地獄の幕が上がる。

少し開いた窓から、ドブ川の生臭さが漂《ただよ》ってくる。ゆっくり日が落ちていくと、ドン底の底まで気分もつられて落下する。気づかないうちに流れる涙が、枕に染《し》み込んでいく。

声をあげて泣きたくとも、おばあさんの唸り声や歯ぎしりに負ける。

翌朝の採血を迎えるまでが、母にとっては永遠だった。

さっきの歌のエンディングに、こうある。

動けない場所から君を　同じ地獄で待つ　　――星野 源「地獄でなぜ悪い」

母も、地獄でわたしを待っていた。

夜の間にたまった孤独は、昼に噴出《ふんしゅつ》する。出しても、出しても、追いつかない。

日に日に増えていくワガママだと思っていたが、母にとっては外とつながっていたい、大切にされたいという願いだった。

わたしのドタキャンは、母の頭を真っ白にさせた。

悲しさを紛らわせる他の手段を、ベッドの上で寝転がるだけの母は持ち合わせていなかった。

わたしと言い争ったその晩、母は、地獄の底で考えたという。

「わたしはもう一生、歩かれへん。料理もできへん、仕事もできへん。それだけでも生きてる意味ないのに、最愛の娘にまで当たり散らしてしまった。もうあかん……！」

最初はお見舞いに来てくれるだけで、喜んでいた母は、いつの間にか心待ちにしすぎて、ちょっとでもお見舞いの到着が遅れるだけでも悲しくなってしまった。

もともとわたしは、だらしなくて、飽きっぽくて、気分屋である。そんなわたしの行動に、生きるか死ぬかの一喜一憂をゆだねていては、みんなが不幸になると母は悟《さと》ったのである。

「奈美ちゃんに〝希望〟を寄せすぎたんや。わたしはわたしで〝希望〟を作るんや！」

母、えらいぞ。とてもえらいぞ。

翌日から母は、自分で希望を作ることにした。

誰にも左右されない、自分だけの希望を。

翌日から、一日の中で、金銀パールより貴重な〝座ってもいい〟時間を、母は車いすでの散歩に充《あ》てた。病棟用の大きくて、とにかくこぎづらい車いすに乗り、汗だくになって外へ出た。

病院のまわりはデコボコした道も多く、なによりドブ川でミッチミチになって泳いでる大きな魚が怖い。散歩なんて嫌だって入院したての頃は言ってたのに。

病院の近くに、マクドナルドがあった。

母は、車いすのままマクドナルドのドライブスルーに挑んだ。

「ポテトなんて、手術してからもう何日食べてないやろう……」

病気をする前の自分を、取り戻したい。前と同じように、ポテトをむさぼり食うのだ。そう決めて、母はマクドナルドに突入しようとしたのだが。

店の入り口に、階段がある。車いすで入れない。

ガラス扉から中をのぞいてみるが、誰かが気づいてくれる気配はない。目の前にポテトが待っているのに、あと一歩が届かない。

「もうポテトすら自分で買われへんのか」

情けなさに涙がこぼれそうになる。

引き返そうとすると、看板の文字が目に入った。

『ドライブスルー　こちら　⇩』

ドライブスルーはドライブでスルーするためのものである。徒歩でドライブスルーへ入るなど、一発ギャグになってしまう。武勇伝、武勇伝。

母は、迷った。

「一応、車輪はついてますんで、ドライブなんで、って言ったら大丈夫かな……」

ギャグ歴０年、必死の形相《ぎょうそう》であった。

笑われるならまだしも、ヘタしたら通報案件である。

『お騒がせ、車いす女！　ドライブスルーでポテト御免！』

珍妙ニュースが脳裏に躍る。

数秒行き来して、ついに、母が突入した。

希望は自分でつかむのだ！

「こ、こんにちはっ」

「いらっしゃいませ、ご注文は……」

スピーカーの向こうで、マッククルーが絶句する。カメラになにも映ってないのだから当然である。とんだ心霊現象。

「あのっ、すみません！　ごめんなさい！　車いすなんです！　乗ってるんです！　注文してもいいですか！」

こうして母は、ホクホクのポテトの入った紙袋をゲットした。

病室に帰って冷静になってから、母は恥ずかしさのあまり泣きそうになったが、ポテトの懐かしいおいしさに笑みと涙をこぼしたという。

「なりふり構わんかったら、わたしはひとりでポテトだって買えるんや」

奇行は、母に妙な自信を与えた。

その日の夕暮れは、地獄が迫ってくる速度が少し遅く感じたらしい。

自分で、マクドナルドでポテトを買うこと。

自分で、通販した高級ふりかけを試してみること。

自分で、おいしいみかんゼリーを見つけること。

ほんのちょっとの希望を、母はせっせと、おにぎりを握るみたいにこしらえはじめた。ゲットした結晶を、わたしや弟に分け与えることが、生きがいになった。

「今日もひとりで、ポテトを買えた！」

ちっちゃな達成感が、母の孤独という泥をさらった。泥さらいは、自分の手でやるのが大切だったのだ。

「長いこと入院してる人間ってのはな、ほんまにもう、なにをやらかすかわからへんのよ。世界一ワガママな存在やと思うわ」

車いすのままドライブスルーに突っ込んでいく母のことを想像するたび、にやついてしまう。

「希望はな、人に頼ってたらあかんのやね。向こうからは歩いてこない。だから歩いていくんやね。まあ……わたしは歩けへんのやけど」

グダグダな家訓が、岸田家に刻まれた。

手紙のようなもの

国道沿いで、だいじょうぶ100回

子どものころ、人気の遊び歌があった。

「奈美ちゃん、奈美ちゃん、どっこでしょう〜♪」

保育園の先生が歌う。

「ここでっす、ここでっす、ここにいます〜っ♪」

子どもらは大喜びで、返事をする。

母が歌う。

「良太くん、良太くん、どっこでしょう〜♪」

返事はない。

弟はいつもどこかにいたけど、いつもここにはいなかった。

ジッとしてられない弟だった。だまってられない弟だった。保育園でも、小学校でも、歩道でも、公園でも、むちゃくちゃに跳《は》ねまわっていた。軌道《きどう》がまったく読めないスーパーボールみたいだ。

捕《つか》まえられるのは、母だけ。

弟を取り押さえるときに発揮する、母の爆発的な初速は、ラグビー選手のようだった。

保育園へ行く途中のことだ。

弟が国道へ飛び出した。一瞬だった。

母の足の間を急回転ですり抜け、彼にしか見えないなにかを追って、自由な魂《たましい》みたく駆けてった。

道路のド真ん中で、弟はピタッと立ち止まる。

凍りついていた母の時間が動いた。声もかれる絶叫だった。母は死ぬ覚悟で体を投げ出し、弟の服のフードをガッとつかむと、歩道へと引きずり戻した。

大型トラックが、轟音《ごうおん》とともに走り去っていった。

あと5秒、遅れていたらだめだった。

母は地面にへたりこみ、震えながら、弟を抱きしめて放さなかった。

「だいじょうぶ、だいじょうぶ、だいじょうぶ」

泣きじゃくりながら母が繰り返していた言葉を、わたしは忘れない。


幼かったわたしには、知らないことがたくさんあった。

弟がダウン症で生まれてきたこと。

身体がむずむずするから、手をつなぎたがらないこと。

フード付きの服ばかり着ていたのは、命綱だということ。

必死で弟の命を守ろうとする母の姿が、近所で不思議そうな視線にさらされていたこと。

弟がおもちゃを持って公園に行くと、親にそっと手を引かれて、離れてく子どもたちがいたこと。

療育《りょういく》の先生の「愛が足りない」「しつけがなってない」という言葉で、帰り道に母が唇《くちびる》をかみしめながら、弟に頬をよせて泣いていたこと。

どんなに疲れ果てても、悔《くや》しくても、母が外で笑顔を絶やさなかったのは、弟を嫌わないでいてくれる人が、弟の命を守ってくれる人が、どうかひとりでも増えますようにという、祈りだったこと。

そんな苦労、わたしや弟は、なにひとつ知らなくていいように「奈美ちゃんと良太が生きてるだけで、ママはうれしい」と、何度も何度も、語り続けてくれたこと。

わたしは、なんにも知らなくて。

いま、あの日に戻れたら。

国道沿いで、へたりこんで、泣いている母に会えたら。

「だいじょうぶ」って、１００回言ったる。

１００回言いながら、１００回背中をなでる。

だいじょうぶ。

だいじょうぶやで。

なーんも、まちがってない。
良太を愛してることも、愛したいことも、ちゃんと知ってる。

だいじょうぶ。

たいへんなことも、みじめなことも、泣けてくることも、あるやろうね。
言葉にできない愛おしさが、他の人には伝わらないことほど、悔しいことってあらへんよね。胸が潰《つぶ》れそうな痛みなんて、良太は知らんでええよね。

だいじょうぶ。

良太がピャーッて走り出して、良太の目にしか映らない美しい世界を、良太が夢中で追いかけられるのは、あなたが命を守ってくれたおかげや。良太はきっと、大切ななにかを追っかけてるだけやって、信じてるあなたはすごいんや。

大切な人が大切にしているものを、大切にできるっていうのは、それだけで愛や。


だいじょうぶ、だいじょうぶ。

良太も、ぜったいわかってる。

あなたから受け取ったものを。

だいじょうぶ。

なんもまちがってないよ。

なんも謝ることもないよ。

いや、謝らなあかんことも、ちょっとあるかもね。

保育園で飼ってる亀を、何度キツく叱《しか》っても、良太は円盤みたいに投げようとしてた。あれは肝《きも》冷《ひ》えた。遊んであげてるつもりらしいけど、なかなか、加減がわからへんのよな。せやけど、亀は投げられへんかったし、だいじょうぶ。亀は万年、だいじょうぶでんねん。

「亀がね……良太くんの足音がすると、サササーッて逃げていくんですよ」

保育園の先生、びっくりしとったね。危機感で亀が進化したってね。

そんなんばっかで、謝り疲れたと思うから、わたしがぜんぶ謝ったるよ。

謝るのは、あなたにしかできへんことじゃない。

ええねん、ええねん。

わたしは謝るのなんて、得意やから。

これ、世渡りの裏技やねんけど、他人が謝るほうが、丸く収まることもあんねん。

わたしからもよう言うて聞かせますさかい、堪忍《かんにん》なって。あれや、あれ。

ひとりで「ごめんな」って背負わんでも、みんなで「ごめんな」をわけわけしたら、ええねん。

待たされるのもな、わたしはめちゃめちゃ得意。

全日本待たされ選手権大会があったら、強化選手まちがいなし。


だいじょうぶ。

良太のせいで、バスの到着が遅れても、授業はじまるのが遅れても、ええねん、ええねん。人生は長いねん。わたしみたいなポンコツでよかったら、なんぼでも待たしたって。待つだけで役に立てるんやから。


だいじょうぶ。

だいじょうぶって、言わせてほしい。

鬼ばかりの世間を、渡っていかなあかん人生やろ。誰かに胸張って、だいじょうぶって言えることがな、わたし、うれしい。余裕あって、優しい自分でおらせてくれて、おおきに！　徳つみましたわ！　ってな、こっちが言いたいぐらいやろ。

あの時、あなたは、良太を抱きしめとったね。

「無事でよかった」でも、「なにしてんねん」でもなくて。

「だいじょうぶ、だいじょうぶ」って、言い聞かせとったね。

今はね、わかるよ。

良太は、一生懸命に、生きてるんやもん。それだけでだいじょうぶやって、言ってあげたいよね。誰かに指さされても、クラクション鳴らされても、きみの人生はなにひとつ損なわれないって、約束してあげたいよね。

だいじょうぶ。

良太が駆け抜けていったのは、あなたの愛をね、ちゃんと受け取ってるからやと思うねん。そういう愛を背中に感じるとね、子どもは自分を信じて、迷わず駆け抜けられるんですわ。

よりにもよって前が国道なんは、危なかったけども、人生という名の原っぱやったら、駆け抜けていったもん勝ち。

だいじょうぶ。

根拠のない自信を、わたしが心の底から放てるのは、だいじょうぶって言うてるあなたを、この目で見たから。

あの時、良太を抱きしめてくれて、ありがとう。
良太に「だいじょうぶ」って言ってやってくれて、ありがとう。
わたし、良太が生きてて、うれしい。
こんなわたしを、頼ってくれる良太が生きてて、うれしい。
あなたのおかげで、ちょっと、この世界は優しくなっとる。
もうだいじょうぶ。
ほんまに、ずーっと、ぜったいに、だいじょうぶに、する。

だいじょうぶ、だいじょうぶ。

泣くこたあ、ないない。
１００回言ったる。わたしが、あの人にも言ったる。

＊2023年6月、ある動画がSNS《エスエヌエス》で話題になりました。動画では、警報機が鳴り響く中、線路に降り立った人に、母親とおぼしき人が駆け寄り、抱き締めて、落ち着かせようとする様子が映っていました。このエッセイは、列車に遅れが生じたことへ批判が集まっていたSNSに、著者が投稿した文章に、本人が加筆したものです。

病院で骨抜きのサバを出されては怒り狂う人よ

怒り散らしてる人の声を〝聞く〟のは苦手だが、〝読む〟のはそうでもない。むしろ惹《ひ》かれてしまう。なんでかはわからん。

病気にかかる家族が多かったので、あちこちの病院によく付き添ってきた。待ち時間が長いと、暇《ひま》つぶしに院内をうろつく。この日も例によって、うろついていた。

「患者様のお声コーナー」

足を止めた。

患者が自由に要望を投書し、病院がそれに答えたものが貼り出されている掲示板。そこで何分も、何十分も、わたしは釘《くぎ》付《づ》けになってしまうのだった。

ここでは掲示板の内容を変えて、意訳として紹介してみる。

「入院食について」

おっ、よくありそうなクレーム。まずいとか、うすいとか、ぬるいとか。そういうやつかしら。

「夕飯に骨抜きのサバが出てきました。」

骨抜き、楽だからいいよね。

「骨折で入院している私のことを少しは配慮してほしかったです。一口も食べられませんでした。」

えっ。

……えっ!?

完全に言いがかりやないか。もしくはウケ狙いか。笑いをこらえながら、別のやつを読んだ。

「楽しみの少ない入院生活。旬の献立がサンマと聞き、数日前から楽しみにしていたのに……出されたのは頭のないサンマでした。自分は脳腫瘍の放射線治療中です。せめて、脳外科病棟に出すサンマだけはどうにかならなかったのでしょうか。ホスピタリティを疑います。」

本気《マジ》やん。笑いが一瞬で引っ込んだ。

骨抜きも頭取りもシェフの思いやりであるはずなのに、裏目に出ている。これで叱られたら、シェフもたまったもんじゃない。気まぐれていいのはシェフだけ。

相手にせんでええやろ、こんな、いちゃもん。

病院は、ちゃんと返答も貼り出していた。

「この度は、患者様のご期待に添えず、誠に申し訳ありません。多くの患者様へ安全にお召し上がりいただくため、食材の処理をしております。しかしながら、今回は患者様にご不快な思いをさせてしまったことは深く反省すべき点であり、事前にご意向の確認が不十分であったと認識しております。今後は処理について、入院前にしっかりとご意向を話し合った上で、変更できるところは変更して参ります。おつらい中、貴重なご意見をありがとうございました。」

相手にしとる。むちゃくちゃ相手にしとる。土俵《どひょう》でいちゃもんと、がっぷり四《よ》つに組んどる。

しかも謝っただけではなく、ちゃんと改善策も出している。

話し合うって、なにを話し合うのか。自分は脳の病気なんで、えっとその、サンマの頭とかはね、デリケートな問題なんで、取らずに出してください……と切り出せっていうのか。

似たような掲示板はスーパーなんかにもあるけど、病院のは飛び抜けて、えぐい感情がむき出されている。

食べものに関する〝患者様のお声〟は、びっくりするほど多かった。

患者の食べものだけではなく、医者の飲みものにも。

「お茶について」

お茶。

熱すぎて飲めないとか？

「手術のカウンセリングのとき、目の前で医師にお茶を飲まれた。こちらは朝から何時間も待ったのに、自分だけ悠々《ゆうゆう》と仕事中にお茶を飲むのはいかがなものか。せめて〝飲ませていただきますが、よろしいでしょうか〟と丁寧に断りを入れるべき。透明な容器でお茶の色が見えるのも不快、濃い緑色は清潔感がなく、病院の衛生管理を疑う。後日、彼が食堂でクリームパンを食べているのを見たが、患者へは厳しい食事制限を課している一方、院内の目につくところでそのような糖分を食べるのは万死《ばんし》に値しますネ！　地下で食べたらどうですかネ！」

　最初から最後までサビしかない曲かよ。ずっとサビ。怒りのサビ。最後に叫び捨てるかのような「万死に値しますネ！　地下で食べたらどうですかネ！」のパワーったら。ミスチルの「名もなき詩」でいえば「成り行きまかせの恋におち　時には誰かを傷つけたとしても　その度心いためる様な時代じゃなァい！」に匹敵する歌い上げっぷり。言いすぎ。

　病院が歌い上げるアンサーソングは、こうだ。

「この度は、ご不快な思いをさせてしまい、誠に申し訳ありませんでした。ひとりの医師に対するご意見かと存じますが、すべての職員への要望と真摯《しんし》に受け止め、本来あるべき姿で励むよう、接遇《せつぐう》教育に努めるよう検討いたします。」

考えすぎ。

あれだけの大サビを受け止めるだけでもしんどいのに、教育までやろうとしている。

教育される医師も豆鉄砲くらったかのように、キョトンとするのが目に浮かぶ。お茶ぐらい、好きなだけグビグビいってくれ。


それからはもう、病院に来るたび、この掲示板から目が離せなくなった。

「売店で焼き芋《いも》が売られていましたが、熱すぎて主人が口の中の粘膜《ねんまく》を怪我《けが》しました。薬を飲むのもつらそうです。金もうけばかりを考えるのではなく、常識を考えて商売してください。」

「受付の人の目つきが悪く、診察券を出すたびに動悸《どうき》がしますから、外科で整形させるかクビにしてください。」

野次馬《やじうま》の分際《ぶんざい》でナンだが、猛烈に腹が立ってきた。

そりゃあ、病院で塩対応されることはあるけどさあっ、ここまで強く言うこと、ないんじゃないの。

病院の平謝りっぷりも、腹が立つ。ちょっとはなんとか言い返したらどうなんだ。

いったい誰がどんな顔してこんなもんを書いているのか、気になった。相当イヤなやつに違いない。鬼のような形相の。

ちょうど「患者様のお声」を投げ入れる箱が見える場所に、休憩用のベンチがある。

しめた。家族の診察が終わるまで、ここに座って張り込もう。

何日か通って眺めてみたが、待てど暮らせど、患者はひとりも来なかった。毎月、新しい声が大量に貼り出されているのに。

おかしい。

患者には会えなかったが、医師には会えた。仲のいい医師だったのでポロッと「あれって、どんな人が書いてんですかね」って聞いてみたら、

「ああ……。自分の担当病棟だと、どの患者さんかわかるよ」

「わかるんですか？」

「長文になればなるほど、なんとなくね。顔も浮かぶ。もちろん言わないけど」

掲示板には、何階の病棟に確認して回答文をつくったのか、記されている。階数で、どの病棟かわかるのだ。

耳よりな情報を得た。もう一度掲示板を見に行ってみた。すると、ある階で書かれた数がものすごく多い。その階は腫瘍と血液を専門とする内科のフロアだ。きつい副作用の伴う治療と入院を繰り返す患者が多いらしい。

入院着をきたおじいさんが、看護師さんに支えられながら、ゆっくり、ゆっくり、廊下を歩いてきた。

「雨やねえ」

「雨ですね」

「雨は嫌やねえ」

「そう、うっとうしいですし」

「雨はね、眺めるしかないやろ」

「ええ」

「眺めるしかないよお」

抑揚が不安定すぎる細い声が、なぜか耳に残った。

雨は肌を冷たく濡らすし、葉を散らすし、アスファルトをはね返るもんだと思ってた。

駅から元気に歩いてきたわたしは、眺めることしかできない雨を、知らない。


わたしの母も長いこと、入院していた。

わたしが付き添いのたびに姿を消し、掲示板ばかり見に行ってるのを、母は早々に気づいていた。

「そんなん、面白《おもしろ》半分に読むのやめときや」

母は叱ったが、まあご覧あれと、何枚か強烈な声を紹介すると、母は「ングフッ」とくぐもった笑いをもらした。

「書きたくなる気持ちもわかるわ」

笑いながら母は言う。

「入院ってな、あんたには想像できへん世界が広がってるねん」

おっしゃる通り、わたしは入院をしたことがない。災難が流星群のように降りかかる岸田家代々で、奇跡の人として扱われるほど無病息災《むびょうそくさい》なわたし。

「痛い、しんどい、寂しい、怖い。人間をダメにする感情をな、入院中はずっと味わうんや。だれでもおかしくなるで」

ずっと、という言葉に重みが含まれている。

「わたしは心臓の大手術やったけど、終わってもうたら、あとは回復を待つだけやろ。退院できると決まってるから、まだマシなほうやと思う」

「あれでマシなん？」

「治療を長いことせなあかんくて、副作用もつらくて、その上で治らへんかもしれへんっていう心配のある患者さんは……わたしよりずっとしんどいはず」

「う……」

「いっそ気絶させてくれたら楽やのにって思っても寝られへんのが病院やね

ん。寝落ちできても、夜中にガバァ起きたらもう最悪や。真っ暗でな、ひとりでな、朝まで耐えなあかん。テレビもタブレットもつけたらあかん。そしたら、あんた、人間が変わるで」

「どう変わるん」

「自分も他人も恨《うら》むし、むちゃ落ち込む。死にたくなる。生きたくて入院しとるのに」

生きたくて入院して、死にたくなる。

なにもかも悪い方向に考えてしまう。だからといって、まさか骨抜きのサバや頭のないサンマで落ち込むだろうか。

「わたしは、そんなんで落ち込む前に、すぐパッと愚痴《ぐち》言うてたやろ」

なるほど、たとえば、

「ちょっと待って、ランチがサバやってんけど、骨が抜かれとんねん」

「それがどないしてん」

「骨折で入院しとるわたしへの当てつけやろか」

「んなわけないいわ」

こんな具合で、母から届くメッセージまで瞬時に想像できる。

「なんやかんやツッコミ入れてくれたら、わたしの考えすぎやったんや、って気づくやん。愚痴とか雑談ってそういう、気づくためにあるんやと思う」

認識のずれが自然に直っていく作用が、何気ない会話にはある。

それらができない患者は、どうだろう。傷つき疲れ果て、余裕がなくなると、周りがみんな敵に見えてくる。

「叫びたくても、暴れたくても、病院でようできひん。命《いのち》懸《か》かってるんやし。ほんでも、情けなくてしゃーないギリギリのとこで、泣きそうになりながら、患者はせっせとその声を書いてんちゃうかな。知らんけど」


生きるというのは、自分の中の死んでいくものを、食い止めることだ。

骨抜きのサバ。頭のないサンマ。苦笑いする母。

止まらない感情を次から次に書き留めることしかできず、どっか頭でばかばかしいと気づきながらも、夜な夜な、箱へ投げ入れに来る患者。

病気は人を変える。体だけではなく心も。変わってしまうことに抗《あらが》う。

どんなに情けなくとも、泣きたくとも。

書かずにはいられない言葉がある。


ひとつ、不思議なのは。

ギョッとするほどヒドい声を、どうして病院はわざわざ掲示してるのか。

病院が一方的に、ボコボコにされるというのに。

その謎《なぞ》は、ある日、フッと解けた。

「病室での通話について。

お見舞いが禁止されているのに、病室での通話すら断られました。ベッドから動けないのにあんまりです。治療もつらく、いつ死ぬかもわかりません。家族の声が聞きたいだけなのに。ここの看護師さんは人の心が無《な》いんでしょうか。」

ちょっと病院側が薄情かも、と思った。答えはこうだった。

「誠に申し訳ありませんでした。お見舞いの禁止については、患者様の心身に大変なご負担をおかけしております。感染拡大状況を慎重に鑑み、お見舞いの条件緩和を検討しますので、どうかもう少しご辛抱ください。」

ここまでは他と同じ、平謝りである。

大切なのは、このあとだ。

「なお、病棟に確認を取りましたところ、患者様にご提案いただきました、病室内でスピーカーフォンにして通話することは、同室の患者様のご迷惑になるとともに、プライバシー保護の観点からお断りさせていただきました。お電話を耳に当てるか、イヤフォンをご使用ください。また、ご説明が不足しておりましたら、大変申し訳ございません。患者様がご自身でお電話を操作できない場合は、別室にて病棟のパソコンを使用したリモート面談を用意させていただくか、有料個室でしたらスピーカーフォンで通話いただけます。ご気分を害されましたこと、深くお詫《わ》びいたします。」

意外な事実が、突きつけられていた。

これは、つまり。

患者が書いていなかった、というか、意図的に隠したであろう嘘《うそ》を、病院側がしっかり裏を取った上で、本来の経緯を足している。

この経緯なら、看護師さん、めっちゃ譲歩してはるやん。普通やん。患者の言い分だけを読んでいたら、患者だけがかわいそうだと勘違《かんちが》いしてしまうところだった。

「車いすで来院しました。入り口に立っている2名の警備員の愛想がすごく悪い、あいさつもしない。一言伝えましたが、反省のはの字も見られませんでした。病院の顔なのですから、ちゃんと人選してください。」

病院の警備員にそこまで求めるのはどうなんだろう。読み進めると、ここにも、驚きの回答が続いていた。

「ご不快な思いをさせてしまい、誠に申し訳ございません。警備係に確認を取りましたところ、患者様がお話しになられたのは警備員ではなく、救急隊員でございました。当人は事情をご説明したとのことですが、他の患者様の緊急搬送の引き継ぎで、気持ちの良い接遇に気を配る余裕がなかったとのことです。当院では患者様の安全を最優先に考えておりますため、患者様のご期待に沿う対応が難しい場面もございますが、今一度、接遇教育に努めるよう検討いたします。」

警備員じゃなく、救急隊員。人違いやないかい。

要約すると「命が危ない患者の救急搬送中に、愛想よくあいさつなんぞやっとる場合ちゃうやろ。ほんでウチら警備員ちゃうって説明したよな。知ってるよな。……でも、なんかごめんな！」が病院の回答である。

病院も、患者の意地悪《いじわる》を、わかってる。

病院は、患者の孤独も、わかってる。

あなたはそんなにつらい思いをしたんだね、気づかなくてごめんね、きっとこうも思ってたよね。そんな語りが聞こえてくるようだ。

回答者は、どんなに小さな手がかりでも必ず、そこに書かれている本人や部署のところへ行き、詳しく事情を聞いている。お茶を飲んでクリームパンを食べた医師にも、スピーカーフォンを断った看護師にも、警備員と間違われた救急隊員にも話を聞いている。

震えた。

回答を用意する担当者の心境に震えた。

わたしなら、絶対にやりたくない。倍の給料もらってもいやだ。

こんな理不尽ないちゃもん、人の生き死にで奔走《ほんそう》している人間のところへ行って「実際のところ、どうだったんですか」なんてばか正直に聞く時の気まずさったらないよ。心臓がギュッってなる。

回答者は、それをやってる。

患者を慰《なぐさ》めながら、安心してね、と語りかけるように、事実を書いている。

回答に力を入れすぎじゃないかと思ったけど、心配は無用かもしれない。

よく読むと、どれも改善を約束してない。たぶん、半分も改善できないんだろう。

わかっていて、一生懸命に回答していることがすごい。

患者をケアする、職員たちにも寄り添っている。

治療に必要な努力を頭ごなしに否定されたら、医師や看護師たちもつらい。

回答でいくら寄り添おうと、患者の病気が治るわけじゃない。治せるのは患者自身と職員だけ。それを知ってるから、この回答者は、双方の気持ちを代弁して、ものすごく繊細《せんさい》に、ギリギリのところで、仲立ちをしてる。

回答に救われても、救われなくても。

眠れない夜は来る。
書かずにはいられない夜は来る。
通りすがった無関係の人が、足を止める。読まずにはいられない朝もくる。

「死ね」と言ったあなたへ

ついこの間、わたしがネットに投稿した弟の写真に、コメントがつきました。

「ガイジ（障害児）は生きる価値なし、死ね」

そのあと、その人と、その人の家族とも、やりとりして、事情はよくわかりました。

その人のアカウントは、もう消されてしまったけど、伝えたいことがあります。

あなたに出会えて、あなたと生きる意味を考えることができて、よかったです。

あなたがわたしに教えてくれたことは、きっとどこかで、誰かを助けると思います。

あなたがいまも苦しんでいるのを和らげるには、わたしとあなたの味方を、ひとりでも多く、この世界につくることだとも思います。

どうにかして、あなたにお礼を伝えたいので、読んでくれるかはわかりませんが、書きます。

「死んでしまえ」と、うっかり願ってしまうことは、わりと誰にでもあります。深く傷つけられた証拠です。

願うのと、言ってしまうのには、天と地ほどの差があります。

だから、わたしは最初、きびしい言葉であなたに怒りました。

世の中にはいろんな考えを持っている人がいるから、わたしは「気に入らない」とか「ムカつく」とか言われても、あまり気にしません。

でも「死ね」とか「殺すぞ」は、気になります。

意見ではなく、攻撃なんです。

人間には、自分の命を自分で守るための、防衛本能が備わっています。

つまずいて転んだら、とっさに顔を守ろうと手を前に出すように。身体を守ろうとする本能があるんだから、心を守ろうとする本能もあります。

100回褒められたことより、1回バカにされたことの方が、気になったり、忘れられなかったりします。

ヒツジの大群の中に、一頭でもクマが紛れてたら、クマばっかり凝視《ぎょうし》しますよね。クマのほうが、怖いし。

「死ね」とか「殺すぞ」は、恐ろしい言葉です。

わたしが死んだら、喜ぶ人がいるのかも……。

もしかしたら本当に、殺されてしまうのかも……。

わたしの大切な人が、巻き添えをくらうかも……。

すごい速さで、恐怖の想像が頭を駆け巡ります。想像して備えないと、命が危ないからです。

こういう想像はものすごく疲れます。想像に耐えられなくて、「わたしなんていない方がいいんだ」と立ち直れなくて、病気になってしまうこともあります。

「死ね」や「殺すぞ」は、言い続けているだけでいつか、本当に人の命を奪うのでしょう。

だから、わたしは最初、怒ってしまいました。

そのあと、しばらくしてあなたから届いた、何度も重ねられたお詫びを読んで、あなたの動揺が伝わってきました。

あの時は、あなたにも事情があったことを想像できず、怒ってしまってごめんなさい。

　あなたにきれいごとを伝えておきながら、情けないのですが、わたしも「死んでしまえ」と似たような言葉を、言ったことがありました。

　母に対してです。わたしは中学2年生のとき、父を亡くしました。突然の別れを受け入れられず、学校へ行けなくなったり、いつもイライラしたりで、散々でした。

　心配してくれる母のことも、うるさく感じてしまって。

「オトンじゃなくて、オカンがいなくなればよかったのに！」

　怒鳴ってしまいました。

　ずっと、じわじわ後悔していました。

「わたしの言葉のせいで、母が本当に死んだらどうしよう」

「取り返しのつかない呪《のろ》いをかけてしまったのではないか」

　ふとしたとき、気になって、泣きそうになります。

　意地を張らずにちゃんと謝ることができたのは、大人になってからでした。遅すぎますね。大人になって、楽しいことが増えてから、命を奪われることの怖さがわかりました。

　泣いて謝るわたしに、母はキョトンとして、言いました。

「気にしてへんよ。ってか、覚えてへんし」

　信じられませんでした。あの日、怒鳴られたときの母の顔を、わたしは今でも覚えてるのに。

「最初はびっくりしたけど、〝死ね〟なんて強い言葉が出てくるなんて、心がそんだけ荒れてる証拠やなって。あんたはきっと、わたしに悲しみをわかってほしかっただけやろなって」

母はわたしをわかろうとしてくれていました。

「本当につらい時ほど、人はうまく言葉にできへんもんや。奈美ちゃんがなにを言ってるかじゃなくて、なんで言ってるかを考える方が、ずっと大切やと思ったよ」

母から教わったことが、あなたから送られた「死ね」に重なりました。

もし、あなたに深い意味はなく、単純にわたしや弟が気に入らなかったり、イライラして誰でもいいから当たりたかったりしただけなら、つまらないお節介でごめんなさい。

でも、きっとなにか理由があるんじゃないかと。

それは、わたしが知るべき理由じゃないかと。

わたしはあなたにメッセージを送りました。

「もう怒ってないので、よかったら理由を教えてください。もし今、つらい状況だったら、話を聞かせてください」

でも、あなたの返事は、

「ごめんなさい」

「二度としません」

「弟さんにも謝ります」

「ゆるしてください」

短い言葉ばかりでした。

わたしのせいで、パニックになっていたんでしょう。距離の詰《つ》め方が急すぎて、怖かったですよね。

そうこうしているうちにあなたは、攻撃していた投稿を削除してくれました。アカウントも、跡形《あとかた》もなく、失《な》くなっていました。

これで終わりかと思っていたとき、一通のメールが届きました。差出人は、あなたのお母さんを名乗る人でした。

あなたとわたししか知らないことばかり書かれていたので、本当のお母さんだと信じました。

お母さんは言葉を尽くして、謝ってくれました。

そして「言い訳にはなりませんが」と前置きしたあと、教えてくれました。

あなたに、障害があること。

学校でひどいいじめを受けて、登校できなくなったこと。

わたしに投げつけた「ガイジは生きる価値なし、死ね」は、あなたがクラスメイトから吐かれ続けた言葉であること。

自分を責め、追い詰めてしまうこと。いまも、自分が投稿したことに、ショックを受けていること。


あなたがわたしに投げつけた「死ね」は、あなたが誰かから投げつけられた「死ね」だったんですね。あなたは、わたしだけではなく、障害のある人たちへ手当り次第にコメントをしていました。

あなたにそんなことをさせるようなつらくて悔しい経験を、想像ができなかったこと、わたしはすごく恥ずかしいです。

障害者は死ねって自分が言われたから、自分も他人に言っていい。そんなわけ、ないですよね。

でもあなたはそんなこと、とっくにわかっていたと思うんです。あなたはもっと賢くて、強いはずだから。

あなたの心は、あなたを守ろうとしてくれたんじゃないですか。

障害者は、生きる価値がない。

障害者だから、いじめられる。

自分が悪いのではなく、障害が悪い。

障害がなければ、こんなに苦しまなかった。

そんな風に追い詰められたあなたの心が、ギリギリのがけっぷちで、自分で自分の命を、存在を、認めてあげるために選んだ言葉が「障害者は死ね」だとしたら。

障害者に生まれてしまったのだから、つらいのは仕方がないと、思うことで楽になるのだとしたら。

わたしはそれ、わかります。痛いほどわかります。

あなたの痛みとは、比べものにならないほど、くだらないかもしれませんが。

中学生のとき、大好きだった彼氏にフラれました。

「奈美の弟の障害が、将来もし、子どもに遺伝したら、育てていく自信がない」

それが理由でした。

将来の話も、遺伝の話も、たったの一度もしたことがないのに、勝手に思いつめて、そんなことを言ってくるアホな男など、今となってはこちらからメガトンパンチとともに願い下げですが、当時は悲しかったです。

「わたしに魅力がないんじゃなくて、わたしの弟に障害があるからだめなんだ」

泣きました。でもそれは、だから仕方がないと人生をあきらめて、これ以上傷つかないように、楽になることでもありました。

障害は、障害です。
個性でもないです。

歩けない母やダウン症の弟は「障害は素晴らしい個性だ」「障害があってよかった」なんてこと、たぶん思ってないです。思えないでしょう。障害のことで、苦労したはずだから。

障害は、あなたのせいではないです。

あなたを生んだお母さんのせいでもないです。

目が悪くて、視力が０・３くらいしかなく、狩りや読書ができなかった人は、西暦１３００年くらいまでは障害者だったそうです。きっと、村中から邪魔者扱いされていたと思います。

メガネが発明されてから、彼らは障害者じゃなくなりました。

障害は、本人という内側にあるのではなく、工夫が追いついていない環境という外側にあります。

あなたをいじめた人はたぶん、自分と違うものを受け入れる勇気がなかったり、自分と行動や思考のスピードが違う人と一緒になにかをする工夫が思いつかなかったり、戸惑いを他人にぶつけることしかできなかったり、そういうヤな自分を、あなたのせいにしているだけなんでしょう。

障害者という、雑なラベルをあなたに貼りつけて。

その人たちもまた、本当は誰かから「死ね」とか「生きる価値がない」とか、言われたのかもしれないですね。

あなたがこんな世界を恨むのも、障害のある人を恨むのも、わかります。

だけど、あなたはちょっと違います。

すごいんです。

コメントにわたしが怒ってからすぐ、お母さんや、学校の先生に相談しましたよね。なかなか、できることではないです。その勇気が持てず、隠して逃げ続けて、取り返しがつかなくなる大人もたくさんいるのに、あなたはちがった。

「死ね」って言われ続けて、悔しくて苦しくても、あなたは死を選ぶことなく、生きてきましたよね。誰かやあなたを殺すこともなく、お母さんと一緒に、よく生きてくれましたよね。

〝幸運〟という才能も、あなたは持ってるんじゃないでしょうか。

あなたのおかげでわたしは、あなたのことを知り、苦しみに気づき、世界の見え方が変わりました。

想像力は、困難に絶望しないための強さです。

これを読んでくれた誰かは、誰かに「死ね」なんて、言わずに済むかもしれません。

あなたみたいな人が、「死ね」の連鎖を、断ち切ってくれるんです。

これからもしんどいことはあるだろうけど、どうか生きて、いつかなじんで消えゆくかもしれない恨みや怒りとも付き合いながら、前向きに人と出会っていってほしいんです。

自分勝手なことばかり言って、すみません。

ただ、これはぜんぶわたしの勘違いで、あなたは今ごろぜんぶ忘れてて、元気まんまんで、ゴロ寝しながらポテチとか、食べててくれてたらいいのになあ……とも願ってます。

いつか、また、どこかで。

神様

たぶん、神様に会った。

よく澄んで晴れた、秋の午後だった。

総胆管結石《そうたんかんけつせき》で入院している母から連絡があった。

「退院、来週明けやって」

もともとは何週間か入院するかもと聞いてたので「あらま！」と弾んだ返信を打っていたら。

「肝臓が回復したらすぐに、また入院やって」

「あらま！」を「あらま…」にサッと打ち直した。

3日前に内視鏡での手術を終えたばかりの母だったが、結石が大きく、取り去れなかった。年内にもできるだけ早く、お腹を開く手術を受ける。この病気では、よりにもよって一番難しい手術だ。

「命にかかわるようなことはないんやって」

母の連絡を受けて、わたしはまず、年末の旅行のキャンセルに取りかかった。母が行きたいと願った場所だった。

レンタカー、飛行機、ホテル、次々と予約を取り消す。キャンセル料で３万円ほど引かれた。母からはスマホに、ドラえもんが天を仰いで大泣きしている画像だけが、３つ連続でシュポポポと送られてきた。

命にかかわる状況じゃないからこそ、変な未練が生まれるのかもしれない。キャンセル料が30万円かかるとしても「生きるか死ぬかの手術だから」って状況なら、即座に支払うし、ネチネチ惜しむ暇なんかない。

母もわたしも病気が軽くてよかったと喜ぶ状況なのに、情緒に余裕があるからか、どうにも３万円が惜しい。

３万円。

そうだ、ご祝儀の新札がいるんだった。

明日の土曜、わたしは友人の結婚式に出席することになっていた。

わたしは梅吉を小脇に抱えて、家を出た。梅吉は留守番ができない犬なのである。

梅吉は、外でよく吠える。よく吠えると言われて、人が想像する量の3倍は吠える。かまないけど、吠える。

吠える目的はただひとつ、みんなになでてほしいから。

わたしに似たのか、目が悪いのに勢いだけはあるので、動くものを視界に捉《とら》えただけでギュンッと弾丸のように発走し、散歩ひもに阻《はば》まれるとコンパスのように半回転したのち「ワギャギャギャギャギャオーンオンオンオンヌ！」と吠える。

みんなになでてほしいから。

世の中はね、きみが思うほど、きみに興味はないんだよ。家族で取り囲んで渡る世間の厳しさを言って聞かせているうちに、梅吉は人間年齢にしてもはや47歳になってしまった。47歳になっても、依然としてこのまま。梅吉を連れて外に出るときは、人のいない深夜にするか、母の運転する車に乗せていた。今日だけは、ひとりと一匹。

梅吉は、吠えた。吠えに吠えた。

道行く人は、振り返る。

あらかわいいと微笑《ほほえ》んでくれる犬好きの人もいるが、ほとんどは、なんともいえない表情か、びっくりした表情だ。

そりゃそうだ。街なかでいきなり犬に吠えられたら、とっさに身を守ろうとするのが自然だ。

ベビーカーに乗ってる子どもまで泣かせてしまったのは、本当に申し訳なかった。

「ごめんなさい、かみませんので！　かみませんので！」

梅吉を抱き上げ、小走りで人波を追い越す。

たまに梅吉が「この人になでてもらえるなら、この命、もうどうなってもいい！」ぐらいの根性を発揮し、わたしの腕の中でもがき、宙ぶらりんになる。

絶対に放さないようにしたら、鎖骨《さこつ》のあたりに薄い爪痕《つめあと》がつき、ニットのセーターは襟《えり》ぐりが世紀末になった。痛いし、悲しい。

「ワォンッ！　ワォンッ！」

だれかが、鳴いた。

「うひゃっ、ダルいってお前、それは」

顔をあげると、横断歩道の向こうで、中学生っぽい男子がふたり、梅吉の鳴き真似をして笑っていた。ルールルルル。

わたしだって笑いたかったが、笑えなくて悔しい。

銀行が閉まる3分前にたどり着き、どうにかこうにか梅吉を待たせ、新札を手に入れた。両替の機械を置いてない店で、手数料が300円かかると言われた。

300円。ちゃんと店を調べてたら、かからなかったお金。いつもならそんなの気にしないのに、おじゃんになった旅行と、キャンセル料３万円と、お腹を開かれる母が、芋のつるをたぐるみたいにシュルシュルと浮かんできて、どんよりする。落ち込みの深さが、金額に釣り合ってない。毎度おおきに。

小さなことばかりうまくいかないと、それはそれで、泣きたくなってくる。あばれる梅吉を抱き続けて、腕がしびれてきたなと思いながら、信号が変わるのを待っていた。

「わんわん」

声がした。

すぐ隣に、おじさんがいた。

ギョロッとした目で、わたしをまっすぐに見つめていた。なんだ、なんだ。

「わんわん、わんわん」

おじさんが一歩、近づいてきた。

チリチリした髪の毛を、すっぽりと押さえるのは黒い野球帽。アディダスのジャージは、そでや肘《ひじ》のところにポツポツと穴があき、ところどころ色が落ちている。靴《くつ》は面ファスナーで止めるところがビロンとはがれて、手にはくしゃくしゃのポリ袋が握られていた。

ボロボロだけど、汚いとは違う。

なんとなく全部、こまめに手入れされているような。仕方なさじゃなく、こだわりみたいなのが伝わってくるような。

わたしは、ずらしていたマスクを、ちゃんと鼻までずり上げる。話すんなら、そうしなきゃと思ったからだ。

やってから、気づいた。

アッ、今のはもしかして、おじさんを傷つけてしまったかもしれない。違う違う、そうじゃないのに。背筋がヒヤッとした。謝りたいのに、謝るわけにも。

「わんわん、きょ、こ、こ」

おじさんの声は小刻みに震えていた。手を伸ばそうとしては、ひっこめて、を繰り返す。その手はかためのパンみたいで、人さし指と中指の節《ふし》にタコがあった。弟の指と一緒だ。

「わんわん、わんわん」

おじさんのつぶやきが、どんどん、細く、小さくなっていく。

「さわりますか」

「ああ、ああ」

黒い手が、ゆっくり、ゆっくり伸びてきて、一度だけ、梅吉の頭をなでた。

「こわい、わんわん、こわいのん」

「かまないですよ、大丈夫ですよ」

「わんわん、わんわん」

おじさんの手が、梅吉の頭を、何度か往復する。

信号待ちをしている人たちは示し合わせたように、遠巻きにしている。わたしとおじさんからは丸く円を描くみたいに離れて、心配するような空気も伝わってきた。そっちの空気と目をあわせると、止めに入られてしまいそうなので、わたしはおじさんの空気だけを受信するようにした。

「かわいいね、かか、かわいいね、わんわん」

街にはややこしいおじさんも、やらしいおじさんも、ウジャウジャいる。

うかつに接近を許したら、ろくなことにならないかもしれない。

わかっちゃいるけど、アチャーって後悔してるけど、それでも、このおじさんとは話さずにはいられない。

ごめん、おじさんには悪いんだけど、わたしの弟が、20年ぐらい先の未来で、こんなふうにひとりでやってきたらと想像した。

邪険《じゃけん》になんかできない。

「しば、しーば」

「しば？」

「しば、し、しば、わんわん」

「柴犬ですか」

「おばあちゃんのとこ、いたね、かわいいね」

梅吉をなでながら、おじさんが、ぎゅうっと目を細めた。

「パジャマ、ぐちゃぐちゃに、こまったね」

おじさんは、思い出している。

ずっと昔、おじさんのおばあさんのところにいた柴犬を。

洗濯したばかりのパジャマを、物干しから引っ張り降ろしては家族を困らせて、それでも愛されている柴犬を。

おじさんが愛した、おばあさんの柴犬を。

ぶわっと景色が浮かんだ。

「かわいいね、いたね、いたね」

おじさんの見た目の年齢からして、たぶん、おばあさんはもう亡くなってる。柴犬だって。普通に考えれば、おじさんの、ずっと昔の記憶だ。でも、記憶っていう感じがしない。不思議だった。

おじさんは今、ここにいて、おばあさんの柴犬を、なでている。

梅吉は吠えない。なでられて気持ちよさそうに、目を閉じている。これは本当に梅吉なのか。柴犬はもしかして、こんな顔をしてたのか。

「おねえちゃん、おねえちゃん」

お姉さんまで出てきたぞと思ったら、おじさんがわたしを見た。おねえちゃんは、わたしのことだった。おじさんの柴犬になった梅吉は、当たり前だけど、やっぱり梅吉に戻っていた。

「おねえちゃん、わんわん、おねえちゃん、えらいね」

「えらいですか」

「えらーいねえ」

「でも、めっちゃ、この子めっちゃ、吠えるんですよ」

「いいこ、いいこ、かわいいね、えらいね」

「あの」

「ありがと、あり、ありがとうね、しば、しーば」

おじさんは、わたしの前で、黒くて大きな手を合わせた。それで、くしゃくしゃのポリ袋を下げて、歩いていった。

えらいと褒められたのは、おとなしくなでられていた梅吉のことだろう。普通に考えれば。けど、わたしはそのとき、おじさんの言葉に抱きしめられた。

梅吉を吠えさせない方法が、子犬の頃からとうとうここまで、何ひとつうまくできなかった。わたしのせいだと思ってた。わたしが梅吉を、吠えまくる厄介者にしちゃったと思ってた。ずっと、ずっと、不安だった。しびれた腕で、情けない顔で、ここに立っているわたしのことまで、笑って許してくれたような気がした。もうここにいない柴犬と一緒に、梅吉のことを、優しくなでてくれた気がした。

ふらふらするおじさんの背中は、まぶしい夕陽に重なって、たまらずに目を閉じたら、開けた時にはもうどこにもいなくなっていた。

わたしは梅吉をそっと地面に降ろす。

梅吉もわたしもしばらく、目を細めて、光のなかにおじさんをぼうっと探していた。

ありがとうはわたしが言いたかったのに、おじさんが言った。梅吉の願いを、叶えてくれたおじさんが、なぜかありがとうと言った。

今日、わたしは、神様に会った。

神様は、時を駆けるという。１００年前のことも、昨日のことみたいに見えるかもしれない。柴犬と梅吉を、一緒になでられるかもしれない。

神様は、言葉を超えるという。なでられてもなでられても足りない梅吉に、お前はそこそこ愛されてるぞと、言って聞かせられるかもしれない。

神様は、描写できないという。わたしが今日のことを素直に書けば書くほど、あのおじさんから受けた感情のすべてが遠ざかっていく。

「ワギャギャギャギャオーンオンオンオンヌ」

とっぷりと日が暮れた頃、梅吉が再び吠えだした。なんやったんや、さっきまでの、おりこうさんは。

神様は、いつも忘れられてしまうという。

どんな人間も、神様が見える一瞬があるともいう。

かまへんと言って

桃のカチコミ

桃が食べたい。

そうだ、ふるさと納税しよう。

WEB《ウェブ》サイトを開き、がめつさを「出してけー、出してけー、ホラそこ1年生も声出してけー」って勢いで出して、返礼品の桃をじっくり見比べた。

桃が5キロもらえる納税先を選んだ。欲張った。

支払い完了。あとは桃色の桃生活を待つだけである。

後日、注文確認書が届いた。

「桃　80キロ」

二度見した。80……キロ……？

なんとシステムバグで、桃が重複注文されていた。

すぐさま管理会社へ問い合わせた。

「うちのバグなのは認めますけどもォ、自治体に注文入れちゃったんでェ、返金は自治体と交渉してくださァい」

「交渉て」

「税金っていうのは、返金不可が基本ですのでェ」

これがまかり通るなら、来日した石油王にレンタカー運転させて、ＥＴＣ通過する直前に高速料金を１３００兆円に値上げして国家負債《ふさい》を一撃でチャラにするみたいな方法も許されてしまうだろ！　ばかっ！

交渉と言われ身構えたが、自治体に電話をしてみると、優しいのなんのって。すぐに返金してくれただけでなく、温かい言葉をかけてくださったのが申し訳なくなって、追加で注文した。

ふるさと納税、桃20キロ。

いざとなればおすそわけで配ろうとか考えてた。軽い気持ちで考えてた。

人は悲しいくらい忘れていく生き物。

半年後の夏。

わたしったら、桃の到来、完全に忘れてた。自分のエッセイが原作のドラマの放送も無事に終わって、ドカンと夏休みまでとっちゃってた。

宅配業者の人から、電話。

「何度か配達にうかがってますが、ご不在で」

「わっ、ごめんなさい。なんだろ」

「桃です」

桃。

よみがえる記憶。ほとばしる手汗。

「いつご自宅に……」

いま、どこにいるかってーと。いま、東北。夏休みで東北。超みちのく。

「ええと、その、３日後です」

最初は笑って、しゃーねーしゃーねーって感じで持って帰ってくれたんですが。２日目の夜の電話は声色が違った。なんか「これ以上、かくまえません」みたいな切迫感に変わってた。

あわてて飛行機に乗り、無事に帰宅。

そこには。

りっぱな、りっぱな、桃が。

68玉も。

すごい薫《かお》り。玄関が急に桃源郷。死んだかと思った。かくまってもらっていた時間が長いから、もう食べ頃。待ってくれない。女ざかり、夏。

とりあえず冷蔵庫だ。

入れろ入れろ！　ぜんぶ入れた。

ふと気になって調べたら、桃は冷蔵庫で保存したらダメだった。

出せ出せ出せ！　ぜんぶ出した。

この時点で、もう汗だく。

桃に……桃に、翻弄《ほんろう》されている……。扱いきれてないにも程がある。

実家だ。

実家にわけよう。母は無類の果物好きである。ありとあらゆる果物をノリで剥《む》いてくれる。マンゴスチンとかも、ぜんぜん、初見《しょけん》で剥いてくれる。

ふるさと納税の桃を、ふるさとに還元《かんげん》したれ。

電話した。

「あっ、奈美ちゃん。電話かけよ思っててん。桃がいっぱい届いたよーうれしー」

実家の分も注文してたんだった。自分の記憶力が牙《きば》をむく。これが三十路《みそじ》か。三十路を過ぎても、桃で大慌て。

沖縄風にいうと、むむであわてぃーはーてぃ。

落ち着こう。いったん、桃を切って食べた。おいしかった。絶対に腐らせたくない。ひと玉たりとも。

配ろう。

わたしには読者がいる。しゃあねえなあって笑って助けてくれる、ありがてえ読者がいる。

自転車の荷台に積めるだけ積んで、読者に取りに来てもらおう。

ゲリラ桃配りだ。

告知、告知。ＳＮＳを開いた。

話題になってるニュースが、目に入った。

　農園から根こそぎ盗まれたと思わしき桃を、トラックに積んで無許可販売している不届《ふとど》き者が出現、現在逃走中。


目を疑ったよね。

よりにもよって、世はまさに、大桃泥棒時代！

出るわ、出るわ。出処《でどころ》のわからん桃を、トラックで販売してる現場のタレコミ写真が。全国各地から。

むちゃくちゃ通報されてる。なんなら通報方法までバズってる。

いま桃配りなんてしたら、一発通報される。

わたしは泣いた。

桃泥棒を絶対に許さない。復唱。桃泥棒を絶対に許さない。

さらに不運は止まらない。

なんと、この日、今夏最高の38・9℃を記録。

桃、一瞬で熟した。追熟。すっげえ追い上げ。

ちょっと箱に入れて目を離したら、あっちゅー間に、みずみずしくなってんの。やわらかいの。薫りがすごいの。女ざかり、夏。

これはあかん。

とりあえず、行きつけの店に配ろう。

出不精《でぶしょう》すぎて、2年住んでも、右も左も右京区も左京区もわからん京都で、わたしの顔を覚えてくれた貴重な人々、親しみもひとしお。

しかしながら、火曜だった。

圧倒的休業。

京都では、火曜は火の車になり、水曜は水に流れるから休む店が多いらしい。芽生えた親しみが、散り散りに走り去ってく。

このままでは桃心中してしまう。

迷った末、しばらくご無沙汰《ぶさた》の知人を頼った。

「いまから、車でわたしと桃を運んでほしい」

「えっ」

「……」

「……」

この間はおそらく〝通報〟の2文字が浮かんだであろう間だった。わかるもんだね。通報を迷われてるときの間って。

もしも免許が取れたなら。思いのすべてを桃にして。君に届けることだろう。だけどぼくには……免許が……ない……！

桃泥棒ではないことを必死に説明し、闇夜《やみよ》に乗じて、桃を積めるだけ積み、車は出発した。

途中「カシャッ」とカメラの音がした。終わった。振り返ると、浴衣《ゆかた》を着た外国人が自撮りしてるだけだった。疑心暗鬼がすぎる。桃泥棒を絶対に許さない。

車窓を流れる夜景を眺めた。

……近所づきあいって、大切だったんだなあ。

わざわざ夜を徹し、高速道路を爆走しなければ、おすそわけすらできない自分が情けない。これが都会。これが現代人。

京都の市外、果ては大阪の端まで、親戚や友人に桃を配ってまわった。

たいがい鳩《はと》が桃鉄砲くらった顔で迎えられた。

京都でお世話になってるお医者先生にも事情を話すと、

「近くにいるから、いただけるならぜひ」

奥さまが申し出てくれた。

でっけえポルシェでうちに乗りつけ、桃の受け取りざまに「これに生ハムと桃を挟んでみて」と、クロワッサンをわたしの手に渡し、颯爽《さつそう》とエンジンをふかして「ワインが合うよ」とウインクしながら消えた。

桃界の峰不二子《みねふじこ》まで、でてきちゃった。

まだ、半分残ってる。明日はワイドショーの出演日だ。あのメンバーならもらってくれそうだ。持っていこう。もつだろうか。

心配になって調べた。

「桃を冷蔵庫に入れるなら、アルミホイルでまくとよい」

まいた。夜なべして、まいた。銀色の砲弾《ほうだん》が大量に積み上がった。

砲弾と化した桃たちを抱えて、テレビ局に持ち込んだ。カチコミしに来たと思われても仕方のない見た目である。

すれ違う人たちからは「おにぎりだ」「なんでおにぎり持ってんですか」「裸の大将かな」と、さんざん言われようだった。おにぎりではない。

かくして、桃を配り終えた。

一生分のおすそわけをした気がする。あとはもう、このうまい桃を、心ゆくまで堪能《たんのう》するだけだ。達成感を胸にテレビ局を出るとき、福島出身のディレクターが「桃は冷凍できますよ」って教えてくれた。

もっと早く知りたかった。

人生最悪の病院オブ・ザ・デッド

ずっと先のことかと思ってた海外出張まで、２週間を切った。

「せや、今のうち予防接種いっとこ」

思い立って、届いてそのままにしてた封筒をペラリ。ＷＥＢ《ウェブ》でチャッチャと予約ができるらしい。あらま便利。空いている日を選び、予約できる病院を絞《しぼ》り込む。

該当、３件。

知らない病院ばかりだった。

１件目はカタカナだらけの名前で「グリムジョー・ジャガージャック病院」みたいな響きだったので、なんか、とっつきにくい。

2件目は「メンズクリニック」で、ちょっと行きにくい。

消去法で3件目を選んだ。「小林内科クリニック」という具合の、ごく平凡な名前だった。小林の親近感はわたしから猜疑心《さいぎしん》を取り払った。この時、評判を調べておけば、あんなことにはならなかった。


当日。

住所を頼りに、病院へ向かう。

……ん？

病院がない。おかしい。住所は合ってるのに。通りすぎてしまったんだろうか。もう一度引き返してみる。

この通りにあるのは、スーツ屋、ケーキ屋、バー……。

バー？

オーセンティックなバーっぽい扉には、クリニック名がローマ字で書かれたモダンでオシャレな金属板がぶらさがっている。

二度見した。

「Please come in! We're OPEN!」という立て看板まである。陽気なテンションの意図が不可解すぎる。これを見て「おっやってるやってる」と通りすがりで扉をくぐる病人がいるのか。

まっ、ガワはアレでも中に入ったら、どうせフツーの病院なんでしょう。

扉を開けた。

バーだった。

グラスの並ぶカウンターからアンティーク調の家具、棚に敷《し》き詰《つ》められたレコード、薄暗い間接照明。そして爆音の音楽が流れるスピーカー。

どこからどう見てもバーだった。探偵がいそうなバーである。実際は探偵どころか、誰もいなかった。

「ごめんください」

返事がない。

「ごめんくださいっ」

ここで働かせてください並みに声を張ると、奥の方から、牛革でできた暖《の》簾《れん》をくぐって、ヌッと姿を現したのは。

スキンヘッドで、ほぼサングラスみたいなメガネをかけた、無愛想な大柄のおじさん。

「……チ……」

「え」

声が低すぎて、なにも聞き取れない。地底から響く呻《うめ》きのようだ。

「ワクチン？」

「あ、はい」

「書いて」

バーカウンターから、紙を挟んだバインダーとペンを、ポイッと投げられた。問診票だった。

……。

………。

あなた、先生なの……？

「あっちで打つから、書けたら来て」

先生だな。打つって言ってるもん。

いるんだ。こんな先生いるんだ。白衣じゃなくてスウェット着てるけど。無言の重圧がえげつないけど。先生なんだ。

問診票を書きながら、横目で棚を見る。レコードの山が無造作に突っ込まれているが、よーく目をこらすと、カルテらしき束も見える。

ほこりをかぶった棚の、本来ならワイングラスが並ぶところに、ビーカーが並んでいる。

居抜きだ。これ、居抜きだわ。

バーの居抜きで、病院開いたんだわ。

「そんなことあるわけないやろがい」と「実際そうなっとるやろがい」が脳内でぶつかりあい、こめかみが痛い。助けて。誰もいないし、誰も来ない。看護師すらいない。先生とわたしのタイマンホスピタル。

奥の方へ進む。

ごっついアンティークのソファに、先生が座っていた。

「じゃ、腕出して」

先生のそばにあるサイドテーブルには、注射器が鎮座《ちんざ》している。無愛想で淡々としているが、打つ気マンマンである。大丈夫なんだろうか。

診察室にはまったく見えない。バーの常連しか入れない店の半個室といった具合である。

そんで、やっぱ、間接照明しかない。

むちゃくちゃムーディ。抱かれずにはいられない。こんなにもＴＰＯ《ティーピーオー》をわきまえてないムーディがあってたまるか。間接照明で人体に針を刺すな。

動揺しながら、椅子に座る。

いや、人を見た目で判断したらあかん。市が管理してるんやもん、闇《やみ》医者が混じってるわけない。大丈夫、大丈夫……。

長そででおおわれた先生の手首に、ちらっと黒い模様が見えた。

「あ、ちょっと待って」

先生がソファから立ち上がり、窓に近づく。

ガラガラガラ……。

窓のブラインドがおもむろに下ろされた。おいおいおいおいおい。

大麻豊《おおあさ》。

その三文字が頭に浮かんだ。

大麻豊とは、さくらももこ氏の傑作エッセイ『さるのこしかけ』に登場する男の名である。さくら夫婦がインドへ旅行に行ったとき、添乗員を務めたのが彼だ。

「ちょっとアンタ、インドで大麻《たいま》が豊かなんてそりゃまずいんじゃないの……」と、さくらももこ氏が動揺を隠せない場面で、わたしは何度笑いをこらえたかわからない。ちなみに大麻豊氏は名前がアレなだけで、実際は真面目な好青年である。

十数年、脳のシワの奥の奥あたりに刻まれていた読書の記憶が、いまなぜかここで引きずり出された。深くは言えないが、因果は察してほしい。


先生が、ギラリと光る注射器を握る。

あの、それってほんとに、ワクチンですよね……。

喉元まで出かかったが言えない。どうしよう、どうしよう、どうし、

「はい終わり」

カランッ。注射器がトレイに転がった。

はやい。

はやすぎる。

痛みもまったくない。打たれたことすらヘタすりゃ気づかなかった。普通なら喜ぶところだが、注射が異常なほどうまいことすら不安に思えてくる。

「副反応で熱が出るかもしんないけども、むっちゃ水飲んだらマシになるから。水飲んでサウナ入ったらさ、汗かくっしょ。ああいう感じで流しなよ」

薬の抜き方って、たしかそんな感じよね。先生の親切心が全部、裏目に出る。ごめん。

「せ、先生はサウナ好きですか」

「俺はあんまり入られへんのよ」

「……そうなんですか」

入れない理由を深掘りするのはやめた。

注射のあとは15分間、座って待っていた。

ずっと誰も来ない。

こっそりスマホでこのクリニックを調べると、見るも無残な圧倒的低評価の数々だった。

「注射だけはうまい」

「どこよりも注射が痛くない」

「注射の技術が高い、それ以外は最低」

「人生最悪の病院でした。注射はマシでした」

雁首《がんくび》そろえて困惑まみれの口コミの中で、注射の腕だけが光っている。

タイマーを先生に返し、勇気をふりしぼって口を開く。

「注射がぜんぜん痛くなかったです。すごい……」

終始不機嫌そうな先生はその時だけ、ちょっと笑った。

「はっ。イモ引いたら痛いから、サッとやるんよ」

イモを引く。

知らない言葉だった。どこかの方言かな。でも無事に終わってよかった。

るんるんで帰りながら無邪気に調べたけど、用語の出処が不穏《ふおん》だったので、
忘れることにした。

八潮橋には馬がいて

自動車教習所を、二度も卒業した。

教習料金だって、二度も払った。

それなのにわたしは免許を持っていない。運転技術と知識はあるので、ブラックジャックみたいなもんよ。むちゃくちゃな強がりを言ってみる。

もう2年も前になるが、聞かれるたびに説明するのが面倒なので、いきさつをまとめておく。

一度目の教習所通いは、大学入学前の春休みだった。運転の実習よりも、待合室に置いてあった漫画にはまってしまい、教習所にノコノコと顔を出しては、漫画を読むだけで帰る日々を過ごしていた。

教官も「このアホに居座わられるとまずい」と思ったのか、バラエティ豊かな手を尽くして、なんとか卒業させてくださった。ところが、わたしは規格外のアホだった。

明石《あかし》の運転免許センターに行くと、唐突に別室へ通され「きみ、もう仮免許の期限が切れてるから、申請できないよ」と言われた。教習料金30万円が、瀬戸内海の藻屑《もくず》と消えた。

9年後。

車が運転できなくとも不便はないが、あの日の後悔を引きずったままのわたしは、一発試験の存在を知った。

一発試験とは、教習所に通わず、警察の運転免許センターで試験を受けて、免許をとる仕組みだ。スムーズに試験を突破すれば、費用も3万円で済む。

そ、そんな……裏技みたいな方法が……あるなんて。もっと早く教えてくれよ。名誉挽回《ばんかい》の時である。わたしは一発試験への挑戦を決めた。

クランクとか、縦列駐車とか、運転技術をもう覚えてない。

そこでわたしは、運転技術だけ教えてくれる教習所に通うことにした。座学や仮免許証の発行ができない代わりに、教習料金は破格の5万円。

「東京の主要駅からすぐ」という謳《うた》い文句にひかれて入学した。実際はその駅に集合してからバスに乗せられ、1時間半かかる埼玉県の奥地まで運ばれた。聞いてないよ。

教習車はすべて、組のどこぞの抗争後の払い下げ品かと思うほどボコボコにへこんだ20年落ちのシビックだった。

さらに、わたし以外の生徒と教官はほぼ全員、中国人かベトナム人だった。実習でまず教えられたのが「ボンネットの中にネコがいるかもしれないので、乗る前にボンネットを全力で殴り続ける」で、次は「ホーチミンでの左折は頭を入れたもん勝ちなので、闘争心を忘れてはならない」だった。

仕事でボロボロの体にムチ打ち、往復3時間かけて、週末はそこで運転を習う羽目になってしまった。

試験日がやってきた。

会場は品川の運転試験場。運営は警視庁であり、試験官は警察官だ。

まあでも、言うても、受験料を払ってるわけで。なんならあれでしょ、こっちはお客様でしょ、くらいの気持ちで行った。甘かった。

試験の説明のために小部屋に集められたかと思えば、

「ここにお集まりの貴方《あなた》がたは、ハンドルを握るブタです」

的な空気が、警察官の皆さまから漂っていた。漂っているだけでていねいな説明だった。説明は、原稿用紙から一切目を離さず、棒読みだ。目を見てくれない。ニコリともしてくれない。

小部屋を見渡してみれば、事情は想像できる。

なんか、こう、治安が、悪かった。全体的に。

ラッツ＆スターを5年ほど地下闘技場に漬けたようなおじさん3人を筆頭に、レッドブルでバファリンを流し込んでいるギャル、最初から最後まで寝ているパンチパーマのおばさんなど、第一線で活躍していそうな面々がそろい踏みであった。

「はい、じゃあ、以前免許を持ってた人」

わたしをのぞいた全員がバッと手をあげた。

つまり、一発試験とは。

わたしのようなド素人のためではなく、なんらかの事情で「免許取り消し処分」もしくは「免許の大幅な更新忘れで失効」になった者どもが「もっかい教習所とかやってらんねー。ずっと運転してたし一発で余裕っしょ」と横着して受けるパターンが多いようだ。

迎え撃つ側も「来るなら来いやボケェ！　ハンパな覚悟やったら返り討ちにしたんどオラァ！」という面構《つらがま》えでなくてはならない。そう、われわれはハンドルを握るブタとみなされている。

試験は尋常じゃない厳しさだった。

教習所の仮免許試験とは格が違う。何十年も車を運転してきたであろう猛《も》者《さ》たちが、バッサバッサと、警察官になぎ払われていく。容赦はない。

おじさんはハンドルを片手で握ったから落とされた。おばさんは道をゆずってくれた車にお礼のパッシングを鳴らしたら落とされた。ギャルは左折するときの巻き込み防止の目視が甘くて落とされた。

「ちゃんと左の窓、見たんスけど……」

ギャルが不服そうな顔で文句を垂れると、警察官は、

「それ、ちゃんと見たって言えないから。正解はこうだから」

それはもう、首がモゲてるんちゃうかと思うほどの角度だった。

恐怖におののいた他の受験者は、以降、左折するたびに目で殺すかのような勢いで、目視をすることになった。もれなく首は負傷した。

30人いた受験者のうち、この日の合格者は0人。

熾烈《しれつ》すぎる。誰が受かるんだ、こんなもん。

ちなみにわたしは、車を出発させることすらできなかった。

車が最新式プリウスだったのだ。教習所で乗り回した20年落ちのシビックとは違い、ひねるキーも、手で引くサイドブレーキもない。後部座席に無言のラッツ＆スター3人をギチギチに乗せていることもあり、大パニックになった。

結局、仮免許の運転試験を突破するまで8か月もかかった。試験と追試で1万5000円近くの支払いが発生した。

一発試験はその厳しさゆえに、再試験者が後をたたず、超満員が続いている。一度落ちると、次に試験を受けられるのは1か月後。しかも平日のみ。苦しい。苦しすぎる道のり。心が折れ、姿を消した同胞《どうほう》たちも多い。大の大人が本気で悔しくて、泣く光景を何度も見た。

わたしは天保山《てんぽうざん》よりも低くなるまで自尊心を削られながらも、なんとか本免許の運転試験までたどり着いた。あとひとつだ。

品川は、日本で最難関の試験コースだ。

さすがの首都、えげつないほど人も車も多いのである。時は、オリンピックを目前に控えた2020年。道路工事もありとあらゆるところでやっている。

そのくせ、初見では絶対に判別できないほどカスれた停止線もある。塗り直してくれ。

地獄の様相だった仮免許試験の難易度を、軽々と越えていく本免許試験。

阿鼻叫喚であった。

わたしは5回、落ちた。

落ちてるコンビニの袋を踏んだだけで、不合格になった時はさすがに物申した。

「徐行して確認してから、避《よ》けなさい」

コンビニの袋を！　避けてるやつ！　見たこと！　あるんか！

仮免許で5回落ちるのと、本免許で5回落ちるのは、わけが違う。なぜなら、落ち放題の仮免許にくらべて、本免許の受験には期限が設けられている。6か月以内に合格しないと、また仮免許の試験からやり直しになる。考えただけでも寒気がする。絶対に嫌だ。

後がない。腹をくくろう。

「目をつぶっても運転できるぐらい、試験コースを覚えるんや。それしかない」

免許も車も持っていないわたしが、どうやって試験コースを覚えるのか。

答えは簡単。

歩くのだ。

会社が終わるたび、電車で品川まで行き、毎晩、毎晩、道路沿いを歩いた。パンプスの底が抜けた。それでも歩いた。目視しすぎた首が痛んだ。それでも歩いた。彼氏と別れた。それでも歩いた。もはやなんのために歩いてるのかわからなくなってきた。自我を失った品川ゾンビの誕生。もう自分では止まれない。誰か脳天を撃ち抜いてくれ。

歩いて、歩いて、歩いて。

わたしは、試験コースを体に叩き込んだ。停止線、目視ポイント、標識、スピード、すべてを脳に焼き付けたということだ。彼氏と引き換えに。

絶対に合格する。合格する気しかない。

気持ちが高ぶって、試験当日の朝は、母に電話した。

「免許とれたらな、オカンを淡路島に連れてったるわ」

「いや、自分で運転できるし」

「いつも運転してくれて、疲れとるやろ。オカンを助手席で寝かせたるからな」

「いや、怖くて寝れへんし」

「淡路島、楽しみにしといてな」

「話聞いて」

絶好調である。淡路島の青い海、白い雲、流れるような海岸線のドライビング・ハイウェイ。ああ。

うっとりしながら、運転試験場の待合室で座っていると。

ピロン。

スマホが鳴った。知人からのメッセージだ。

「岸田さんの運転試験場の近くで、馬が逃げ出してるらしいですが、大丈夫ですか」

一緒に送られてきたのは、ニュースサイトの速報記事のＵＲＬ《ユーアールエル》だった。

『大井競馬場から馬が脱走、品川　八潮橋付近を逃走中』

品川。八潮橋。見慣れた地名に絶句する。

待合室に警察官が入ってきた。

「えー、試験コースの上にね、いま、馬がいるんで。直前で申し訳ないけどもね、コースを変更します」

「は？」


試験は始まった。

本当なら直進すべき交差点を、コース変更で左折することになった。目視した。馬がいた。馬を、馬をね、巻き込まないように、左折した。

気がついたら、落ちてた。

なにをミスしたのか、もう覚えてない。

よろめきながら試験車を追い出され、八潮橋の交差点へ出る。そこは、馬の姿をとらえるために詰めかけた報道陣でいっぱいだった。

苦労してゲットした仮免許の期限が切れ、わたしの意欲も切れ、なにもかも終わった。なんか報道陣にマイクを向けられた気がする。

わたしはいまだに運転免許を持っていない。あんなに覚えたコースも知識も、さっぱり忘れてしまった。

唯一なぜか頭に残っている知識と言えば、馬が軽車両扱いになるってこと……かな……。白馬の王子様は現行法では軽車両扱いになると知った。軽車両は道路の左側を時速60km以下で走る義務があるので、哀れなわたしのもとへ、王子がまだ駆けつけられないのも納得できる。軽車両は高速道路を走れないし。下道で来てるってことは、道の駅とか寄ってると思うし。

「わたしはずっと、あんたは運転に向いてないと思ってた」

母が胸をなでおろしていることだけが、救いである。

目に見えるものが変わるゲーム

優しさとは、強烈な痛みと憂《うれ》いの上に、成り立っている。

今しがた、クリアしたゲームの感想である。

この夏、出会ってしまった。すごいゲームに。ゲームというものに対する見え方だけでなく、世界の見え方すら、変わる衝撃だった。

とっとと作品名をみんなに教え、さっさとプレイしろと言えばそれで済む話だが、このゲーム、クリアするまでに30時間はかかる。これを聞き、こちとらそんな体力も気力もないが、そこまで言うなら衝撃とやらをおすそわけしてもらおうじゃないの。そんなあなたに、ゲームの名前を伏せて、語ってあげようじゃないの。というか、単純にわたしが語りたいだけである。

それは王道のロールプレイングゲームである。世界が災厄《さいやく》に見舞われ、主人公は地元の村を守るために、襲《おそ》いくる敵と戦って、平和を取り戻す旅をする。

旅の途中で仲間と出会い、力を合わせたり、はたまた決別したり。救える人もいたり、救えない人もいたり。最初は力も弱く、心も未熟だった主人公が、成長をしていく。

本当はもっと複雑だけど。大体そんな感じで筋を把握しておいてもらえると、わかりやすいと思う。

ただし「物語の根幹を成す超重要な設定を、誰ひとりとして登場人物が語らないまま最後まで進行していく」「ゲーム制作者の頭の中にしか存在しない設定が、あたかも周知の事実であるかのようにしれっと前提として置かれている」というぶっ飛び具合。

たとえるならなんだろうな……「ドラえもん」ならば、「ドラえもんが未来からきた猫型ロボット」という設定が完結直前まで一切明かされないのに、世田谷区でひみつ道具をバンバン使ってるというか。「アンパンマン」ならば、「アンパンマンの顔はパンでできている」という説明がなされないまま、顔をちぎっては分け与え、ちぎっては分け与える衝撃映像を延々見せられてるというか。なんのために生まれてなんのために生きるのか、誰も知らないままゲームが進行する。

なのに、おもしろい。

毎日のようにファンがネットで考察を繰り広げている。ゲームディレクターがかなり昔のイベントでポロッと口に出した一言とか、広辞苑よりブ厚い設定資料集の端っこの落書きみたいな絵を拾い集めては組み合わせては「この設定はこうに違いない」とかみんなでやってる。超盛り上がってる。やってることはほぼ考古学者。

でね、まあ、ゲーム内でやることって、シンプルに主人公を操作して、襲いくるモンスターをぶっ飛ばしていくこと。

最初は弱い主人公も敵をぶっ飛ばしていくうちに、お金がもらえて、強い武器を買えて、より強い敵をぶっ飛ばせるようになる。

もう実写映画の世界と変わらんくらいグラフィックがキレイなので、世界を縦横無尽に駆けめぐる没入感がすごい。

攻撃パターンも、右手で剣を振るってモンスターを斬《き》りつける、その直後に右足でハイキック、反動使って左足で相手の足を払って転ばせて、上に高くジャンプし、のしかかりながら敵の心臓めがけて剣で突き刺す。

超絶技巧アクションがものの2秒、ボタンひとつで。

見ていて飽きない。爽快。全員かかってこい。

なもんで。もうね、ノリノリ。

「オラーッ！　かかってこいやッ！」

ザシュッ、ザシュッ、とモンスターを剣で倒していく。

コンボ（連続の攻撃）がうまく決まれば、より多く速く倒せる。三国志でさ、関羽《かんう》とか超強い武将がさ、めっちゃ大勢の敵に囲まれてもバッタバッタとなぎ倒していくやつあるじゃん。あれよ、あれ。

こっちは世界や村を守るっていう大義名分があるから襲いくるモンスターは、倒してなんぼっていうか。こっちはヒーローだし。罪悪感もわかない。

「ヒャッハー！　どけどけどけ！」

「痛っ！　ふざけんなお前ちくしょう！」

やってるうちにどんどんひとり言が増えていく。

でもね、ほら、世界を守るためだから。こっちは。

モンスターは倒したら、よくわからない叫びをあげて、黒い染みになって姿を消す。つまり死ぬ。すると、お金やアイテムを落とす。

そんな調子で、ラスボスも倒しまして、迎えるのは「世界は救われました」というエンディング。

だけど、このゲームには「強くてニューゲーム」の機能がある。

主人公のレベルや集めたお金とアイテムはそのままで、もう一度最初からゲームをやり直すことができるのだ。

ロールプレイングゲームには、なんべんでもなめ尽くして遊べるよう、いろいろとやりこみ要素があるからだ。

最初の方に出てくる弱っちいモンスターなんて、一撃で倒せるくらい主人公が強くなってるから、爽快感はさらに増す。

それでわたしも「強くてニューゲーム」をやってみた。

再び流れる、オープニング。

災厄に見舞われる世界。

剣を持って立ち上がる主人公。

襲い来るモンスターを、剣で倒していく。

ここまではね、同じだった。

「……あれ？」

なんか、聞こえる。

「ヤメテーッ！」

敵を斬りつけると、断末魔《だんまつま》が聞こえる。

最初にプレイした時は、鳴き声だけだったのに。

ゲームやりすぎで目だけじゃなくて耳も疲れたのかしら。目の前にいるモンスターに向かって、剣を振り下ろす。

「ヤメテーッ！　コロサナイデーッ！」

気のせいちゃうわ。

同じストーリーなのに、モンスターの声が聞こえるように変わっている。

「ドウシテ……ボクタチ、ナニモ　シテナイ　ノニ……」

「ニンゲンコワイヨ」

「ギャーッ！　イタイーッ！」

つらい。

ただひたすら、つらい。

ストーリーは変わってないので、モンスターを倒さない限りゲームが進行しない。命乞《いのちご》いされても見逃せない。倒すしかない。でも倒したら、声が聞こえる。

「趣味の悪い仕組み」かと思ったが、そうではない。ニューゲームではモンスターの声が聞こえることにより、モンスター側の事情もわかり、ストーリーが何重にも厚みを持って、壮大なスケールで迫ってくるのである。

実は、モンスター側にも戦わざるをえない理由があった。それゆえに見えてくる、この世界の真実。そこにたどり着かないと、このゲーム、まったく完結しないのである。1周目のエンディングは、お飾りの予定調和なエンディングでしかなかった。

ストーリーを最後まで見届けるためには、モンスターを倒さねばならない。

映画ならば「あ、そっちにも事情があったんだね」とちょっとびっくりするだけで終わるけど、これはゲームだ。時間をかけて、わたしたちは自分でコントローラーを操作し、自分でモンスターを倒し、自分で旅路を選んできた。それゆえに、心にくるものがある。

主に罪悪感が。

思い返せば、ゲームのモンスターたち、最初から動きがおかしかった。

たとえば、5匹のチームであらわれるモンスターたち。1匹だけがやたらと歯向かってきて、残る4匹は散り散りに逃げていった。

はじめて目撃したときは、

「5匹いっぺんに向かってきたらいいのに、アホやな」

バカにしながら、全部を追っかけて、ボコボコにやっつけた。

しかしニューゲームでは、

「ボウヤタチ　ハ　ワタシ　ガ　マモル！　ボウヤタチ！　ココ　ハ　カアサ

ン　ニ　マカセテ　オニゲ！」
あの1匹って、子どもたちを逃がすために……。

オベェェェ。

気づいた瞬間、えずいてしまった。ゲームでえずいたのは初めてである。

ほかにも、「モンスターに襲われている別の村があるから、そこへ出張して、モンスターを皆殺しにしてこい」というミッションがあって、それを遂《すい》行《こう》したのだが、実は「モンスターとうまく共存していた町を、勘違いして主人公たちが襲った」という真実がわかったりする。

なるほど、だからここのモンスター、抵抗してこなかったわけね。

オベェェェェ。

コントローラーを持つ手が震える。

イヤや、イヤや、もう殺したくない。罪のないモンスターをこれ以上、殺したくない。なにがヒーローやねん、ただの殺戮者《さつりくしゃ》や。

ストーリーを見届けるために、進めねばならない。モンスターも戦意を喪失してはくれない。彼らは、彼らの守るべきもののために、襲ってくる。うかうかしてたら、こっちがゲームオーバーだ。

ごめんね、ごめんね。

何度つぶやいたか、わからん。

まだ、巧妙な仕掛けがある。

主人公にはモンスターの声が聞こえてない設定だった。

聞こえてるのは、あくまで、プレイヤーのみ。

なので主人公は、1周目と同じようにゲーム内で振る舞う。

「やったー、モンスターを倒したぞ。ざまあみろ！」

村に帰って、平気で言って喜んでる。でもこっちは、聞こえてるわけだから。画面にしがみついて揺すりながら「おまっ……お前……お前が倒したのはな……昔、人間に裏切られたかわいそうなやつやってんぞ……それを……おま……」と、平手をぶちかましに行きたくなる。

罪悪感という血の海を泳ぎながら、息も絶え絶えに迎えたエンディングは、人間にとっても、モンスターにとっても、救いのあるものだからよかったけども。

うまく説明できたかわからないけど、この衝撃を伝えたかった。

考えてみりゃ「相手にも事情がある」なんて当たり前のことだ。それでも、思い込みで行動していた自分の愚《おろ》かさを、思い知らされるという体験ができるのは、やっぱりゲームならでは。

わたしが生きる現実は、ゲームではない。目の前にいる、モンスターみたいな相手の本音も、副音声で聞こえてはこない。

このゲームをクリアしてから、聞こえてはこなくても、聞こうとしてしまうようになった。

あの絶望感、わたしは忘れられないからね。

編集者さんと、作品づくりについて話しているとき、こう言われた。

「読む前と読んだ後で世界の見え方が少し変わる作品を、ぼくはいい作品だと思う」

いいゲームに出会った。

これを読んでるあなたが、いつか偶然に、このゲームと出会ってくれますように。わたしと同じように、テレビにへばりついて揺らして、泣きながら全力で主人公を止めてくれますように。本当に。今もまだ、うちのテレビ、手あかだらけだから。

魂をこめた料理と、命をけずる料理はちがう

ラーメン屋の行列に並んでいた。

「ラーメン食べとうて、しゃあない」

京都の自宅へ遊びに来た母が、眼《め》をかっと見開いて言うのである。彼女には、そういう猛烈な天啓《てんけい》がたまに下る。車いすに乗っているので、ひとりだと、こぢんまりした店にフラッと入れないのもあるだろう。

ならば、どうしても食べさせたいラーメンがある。京都の名店・麺《めん》屋《や》猪一《いのいち》。

いつ来ても行列で、ミシュランにも載り、外国のお客もごった返してる。

本店は無限に列が延びていたが支店なら20分ぐらいで入れそうだ。

天啓！　というわけで、並んだ。

待ってる間、メニュー表を見る。

１４００円だった。

驚いた。2年前に初めて食べたときは、９００円。昨年は、１０００円だったのに。つ、強気。

原材料の高騰で値上げするのは、めずらしくもないけど、なかなかの値段である。観光客なら、ぜんぜん出せるか。そっか。そっか……。

動揺しながら、店の貼り紙を見る。

『メニューの価格を再値上げさせていただく決意を致しました。』

やけに長文だったが、要約すると、

『お店の人員の不足が続いており、数社の媒体でスタッフを募集しましたが、飲食業界全体が採用難です。この先の未来をよく考えて悩み、４月に賃金の引き上げをすることにしました。』

えっ。

原材料じゃなくて、人件費を。

『おかげさまでスタッフも増えはじめ、お店に新たな価値が創造できるようになり、光が見えて参りました。』

ぶっちゃけ、疑っちゃった。新たな価値ってなんなのよって。うまいこと言いはるわって。ギンギンに疑ってた、この時までは。

順番がまわってきた。

「あかん。入れへん」

ガラス戸から店内をのぞいて、母が察する。

店内にはカウンター席が半分、テーブル席が半分。車いすではテーブル席にしか座れないが、ちょうど埋まっている。空くまで20分はかかりそうだ。

空いてるのは、カウンター席ばかり。

オーケーオーケー、もう慣れとる。このあと店員さんから「すみません、後ろのお客様を先にカウンター席へお通ししてもよいですか」と頼まれる展開まで見えた。

いつものことだ。車いすで食事するとは、そういうもんである。

ガラッ。

若い店員さんが、出てきた。

「車いすのお客様、中へどうぞ！」

どうぞって、いったいどこに……。

あっ。

さっきまで人がいたテーブル席が！　もぬけのからっ！

目を凝らすと、別の若い店員さんが、まだラーメンが到着してないお客たちに「カウンター席に移ってもらえませんか」と、交渉してくれていた。

それはそれは、腰が低く。しかも流暢な英語と中国語で。めっちゃしゃべれるやないか。

すごい。ほんで、お客も一瞬ポカンとしてるが、説明を聞くやいなやほほえんで立ちあがる。優しい。

わたしと母は、グローバルなお客たちに、頭をカッコンカッコン下げながら入店する。暴風雨のシシオドシのごとし。

ありがとうございます、ありがとうございます。

ああ、びっくりした。

「こんなに若いのに……」

20歳そこそこの店員さんを見つめる母の眼が、ババアのそれになっている。今年の甲子園も同じ眼で見守っていた。冷房の効いた部屋で、勝手にカーディガンとか着せようとする眼である。

「おしぼりが冷たい……」

運ばれてきたおしぼりをスンスンしながら、母は泣きそうになっていた。

「レンゲは温かい……」

感動がインフレしている。落ち着け。それにしても、店員さんの機転がすごい。しかも笑顔、笑顔。忙しくともピリピリせず、手を動かしながら、お客と軽いおしゃべりをする余裕もある。

しばらくジッと眺めていた母が、

「これは麺オブ・ザ・イヤー受賞や」

ついに独自の賞の創設に至った。落ち着け。

ラーメンも文句なしにうまい。五臓六腑《ごぞうろっぷ》に染み渡る淡麗《たんれい》系、出汁《だし》の旨味がすごい。感動した。

ひとことお礼を言いたくて、片づけしてる店長っぽい人に、称賛を伝えた。

「ありがとうございます！　彼はああ見えて、京都の大学生で」

さっきの若い店員さん、めちゃくちゃ名門大学。

「かしこや。かしこがおるんや……」

「ワハハ。頭はいいんですけど、私生活はアホというか……」

「ちょっと、ちょっと」

店長にからかわれた彼は、楽しげにツッコミをいれていた。かわいがられとるんやな。

賃金を上げる前までは、アルバイトを募集してもさっぱりだったが、最近の募集で60人も応募があったそうだ。その中から彼が選ばれるのも納得である。

疑ってすまんかった。新たな価値あった。

生活が苦しい学生にとっては、決め手になるだろう。

魂をこめた料理は、命をけずった料理とちがう。

そのあと、シュウマイがなにかわからんくて怪訝《けげん》そうなアメリカ人に、ペラリペラリと説明し、シュウマイの注文を11個とっていた。とりすぎである。

お会計してくれたのは、これまた若く、台湾からワーキングホリデーで働きに来た店員さんだった。中国語でお客に席の移動の交渉をしてくれたのは彼だった。

どうしてもこの店が好きで、正社員登用されるために、がんばってると、笑顔で言ってくれた。

なんぼでも払いますと。１４００円、払わせてくださいと。かみしめながら、黙ってお金を出した。

値上げは、しんどい。家計にガッツンガッツン響く。

値段をおさえて、やりくりしてくれる店も、すばらしいと思う。その努力のおかげでわれわれは、ラーメンという、気軽に欲望を丸のみできる日常を手に入れている。

でも、こういうお店もあってほしい。ラーメン屋に入りづらい母のような人にとっては、喉から手が出るほど、ありがたい。

その母が今にもカーディガンを編みそうな気配をかもし出したので、お礼を伝え、退店した。

初めて思ったかもしれない。値上げしてくれて、ありがとう、なんて。がんばって仕事してさ、また通おうと思う。

この話をnote《ノート》に上げたら、このお店を運営しているえらい人から、メールをもらった。

　読みながら涙が出てきました、社員全員とっても喜んでおります。数か月前に、こんなに流行《はや》っているのに経営が厳しく、スタッフがそろわず継続も難しい状態に立たされておりました。

あんなに流行っているのに？

　閉店後に皆で集まりこの採用難をどのように乗り越えるかと議論し、賃金も上げてお客様にも理解を得て値上げしよう、それでダメだったら仕方ない、日本の素晴らしい飲食店のためにも覚悟を決めて進もうと、あのようなメッセージをお店に貼り値上げをさせて頂きました。

実写化決定では？

商品、サービスのクオリティーを下げることなく精進し、お客様に愛してもらえるように創意工夫しようと。我々の想いをすべて表現していただいたコメント、勇気づけられました、本当にありがとうございます。

カメラマンはどこだ。
回せ、回せ、カメラ回せ！
ついでに経済を回せ！
読んで、回して、お店まで届けてくれた人にも、ありがとう。

学びに行く

① 銭湯に入れなかった人

やはり人類は、海から誕生したのだ。弟を見ていると、壮大な記憶がよみがえる。……ような気がする。生まれてすぐの頃から弟は水が大好きで、蛇《じゃ》口《ぐち》でも打ち水のバケツでも、夢中で何時間でも触っていた。

言葉よりも先に、弟は泳ぎを覚えた。足し算はできなくとも、バタフライで翔《と》んでゆける、それがわが弟。

あれは、弟が小学校1年生か、2年生のときのことだ。

休みの日に、弟がスーパー銭湯へ出かけるという。家族とではなく、ガイドヘルパーさんと一緒に。そういう福祉のサービスがあるのだ。

「おんせん、いく、おんっせん」

弟は前の晩からそれはもう大喜びで、タオルとパンツの入った巾着《きんちゃく》を抱え、サンバのリズムでルンバを踊っていた。

ヘルパーさんが迎えに来た。

20歳ぐらいの、おとなしそうな兄さんだった。テンションが臨界点を迎え、靴を脱いだり履《は》いたりしている弟をなんとか送り出した母は、出かけていくふたりの背中を、ベランダから見守っていた。その母の背中は、わたしが見守っていた。

「大丈夫かなあ……」

母は心配そうにつぶやいたものの、流れるようにコーヒーをいれ、ドラマの再放送を見はじめた。ちょっと楽しそうやないかい。

ところが。

思ったよりずっと早く、弟は帰ってきた。ドラマはまだ終わってもいなかった。

玄関で、弟がうつむいたまま、突っ立っている。目の下は涙のあとで赤く焼けている。

母が、戸惑いながら聞いた。

「あのお、お風呂に行ってくださったんじゃ」

「行きましたよ」

ヘルパーさんは、ぶすっとした顔で答えた。母がパッと開いた巾着の中は、乾いたままのタオルと着替えがたたまれたまま。

弟は、もたもたと靴を脱いでいる。なにも言わない。なにも言えない。

「入ってないですよね」

「あー、はあ、入口までは行ったんですが、その、良太くんが言うこと聞いてくれないんで、帰ってきました」

ヘルパーさんの視線が、あちこち泳ぎまくる。

「息子は、なにしたんですか」

母の声色《こわいろ》は、怒りをぶちまけるのでも、問い詰めるのでもない。いつもみたいに柔《やわ》らかく、明るく、申し訳なさそうだけど、どこか、いつもと違う。

「いや……べつに……」

返事は煮えきらない。この頃の弟は、おっとりして、かなり落ち着いていた。人が多くて、知らない場所でも、大あわてするようなことはなくなっていた。

弟は、どこで、なにをしていたんだろう。

あんなに楽しみにしていた銭湯までたどり着いたのに、入ることはできず、乾いた巾着ぶらさげて、どんな気持ちで帰ってきたんだろう。

弟はリビングの床にぺたんと座り、ボーッとドラマに視線を向けている。巾着は打ち捨てられていた。

めったに激怒しない母の顔が、ぎゅっとゆがんだ。傷ついたというより、押しつぶされたようだった。

ヘルパーさんが帰ってから、母が事務所に連絡した。

すぐさま、彼と、彼の上司が、謝りに駆け戻ってきた。上司は謝ってはいたけど、同時に、困り果てていた。

弟とヘルパーさんは、銭湯の生け垣に座って、時間をつぶしていたそうだ。なにをするでもなく。ただ、ずっと、座って。

ヘルパーさんは、黙っていた。上司とも、母とも、ろくに目も合わそうとせず、魂だけどっかへ飛んでったみたいな顔で、頭を浅く下げていた。時おり視線が泳いだ。

最後の最後に、彼は、つぶやいた。

「なんかもう、わかんなくて」

帰ってゆくふたりの背中を、ベランダから見送った。母は怒って引っ込んでたが、わたしには、どうにも不思議さが残った。

彼と会うことは二度となかった。

静かな町なので、噂はまわる。同じような失敗を、他の人にもやっていたと聞いた。

あの日、何が起きたのか、何がわからなかったのか、わたしは聞いてみたかった。

弟はもう、今はひとりで銭湯に入れる。一緒にビバノンノしてくれる友だちもできた。だからもう、あの日の悲しい思い出は、忘れられるなら、忘れたほうがいい記憶のひとつだと思う。実際、長いこと、脳の押入れの奥の奥に突っ込んだままだった。

ひょんなことから、彼と同じ立場になるまでは。

② 小さな自閉

2022年、弟に、友だちができた。

グループホームで一緒に暮らしはじめた同居人だ。

27歳になった弟にとってはじめての共同生活だ。最初は、夜中に十八番《おはこ》を熱唱しているところを注意され、弟がベソかいて電話してきた夜もあった。

友だちの名前は、かいとくん。

弟はこの半年で、大谷翔平《おおたにしょうへい》の形態模写という特技を習得したが、それはなにを隠そう、かいとくんによって伝授されたものである。

週末、実家に帰ってきた弟が言った。

「やきゅう、いきたい」

「かいとくんと？」

弟がうなずいた数秒後、わたしは野球のチケットを血眼《ちまなこ》で探した。WBCの強化試合があった。選手名簿には大谷翔平の名が。買った。なにも考えずに買った。

なにも考えなすぎるわたしに、グループホームの管理人さんが電話してきた。

「試合の日、ふたりに付き添ってくれるガイドヘルパーさんが見つからなくて……」

ガビーン。

「募集してるんですけどねえ。なり手が少なくて」
ガ、ガビーン。
ガイドヘルパーさんがいなくても、わたしや母が付き添えば、なんとかなる。だけど、かいとくんのご家族は、心配するかもしれない。ただでさえわたしは、信用ならない有様の人間だ。以前、能勢《のせ》の山で野良鹿に二度見されたこともあるのだ。

どうしよう。

手を叩いた。わたしが、資格とればいいや。

鼻歌まじりに「ガイドヘルパー　知的障害　資格」で検索した。いろんな講座があって、目がまわりそうになったが、一件だけ、場所も日程もピッタリのやつが見つかった。

行動援護従業者養成研修。

４万円ほど払って、３日間の講義を受ければ、資格がとれるらしい。これだ。鼻息荒く、さっそく申し込んだ。

新しい朝が来た。講義の朝だ。

寝ぎたないにもほどがあるわたしは、朝のうちに起き、電車に乗るだけで、りっぱな人間に生まれ変わったような気分だ。もちろん、降りる駅は寝過ごした。

ゼイゼイハアハア、教室に着いたら、一番前の席になってしまった。鈍器ほどの厚さのテキストが配られ、先生が高らかにしゃべりはじめる。

「みなさんは、福祉事業所などで働いておられますね」

働いてない。

「ガイドヘルパーの資格も、すでにお持ちですね」

お持ちでない。

「たまに、そうじゃない人もいますが」

そうじゃない。そうじゃないです。先生、わたし、全然そうじゃないです。教室を見渡せば、たしかに、他の受講者の面構えが違う。福祉業界の荒波にもまれてきた、歴戦の猛者の面である。どういうことだ。オロオロした。

あとからわかったことだが。わたしがなにも考えずに選んだ研修は福祉の玄人《くろうと》向けのソレだった。一応、資格はもらえるが、もっと初級の研修があるらしい。

なにも考えずに飛びつく癖を、わたしはいい加減、どうにかせねばなるまい。

講義がはじまった。テキストをめくる。強度行動障害という、知らない言葉が書いてあった。

　重い知的障害や、自閉スペクトラム症のある人は、不安を感じると服を破いたり、大きな声を出したり、身体が激しく動いてしまうことがあるそうだ。自分を傷つけるなどの危ない行動がかなりの頻度と強度で継続して起こり、特別な支援が必要な状態を、強度行動障害という。

　電車や公園で見かけたことがある。言葉としては知らなかったけど、そうか、ずっと身近にいたんだな。

「そういう行動が起きる理由は、強いこだわりです。靴を右足から履いていったん脱ぐとか、いつも同じ時間に蛇口をひねって水を触るとか、本人にしかわからないような細かいこだわりが阻まれると、不安になってしまうんですね」

　パタン。顔をあげる。先生が、テキストを閉じた。

「わたしは、こだわり、という表現が好きではありません」

　えっ。

「こだわりなんて、誰でも持ってるじゃないですか。いざとなりゃガマンできるじゃないですか。命を傷つけてでも、こだわりを守る人のこと、想像できないでしょう」

淡々とテキストを読み上げていたはずの先生の声に、グッと熱がこもっている。教室は静まり返っていたが、なんか、惹きつけられてしまう。

「わたしは、彼らが持つその感覚を、儀式と呼んでいます」

神回。わたしは今、神回に遭遇したのではないか。

わたしはこれまで、いろんな儀式に参加してきた。まあ、つまんなくて、尻のあたりがムズムズしてたまらんような儀式も、あったけど。

卒業式やお葬式などの、別れの儀式は、強烈に覚えている。耐えられそうにない悲しみを、ちゃんと悲しんでおくという、生きていくために必要な儀式だったと思う。

その儀式を、だれかに邪魔されたら。ブチ壊されたら。踏みにじられたら。むちゃくちゃ嫌だ。悲しいし、怒るし、いや、その前に頭が真っ白になるかもしれない。それくらい嫌だ。

そう考えると、いつも儀式のように乗っているバスが2分遅れただけで、世界が破滅して、絶望する人がいるのも、わかる。

先生は続けた。

「儀式の中断が、耐えがたいほどつらい人がいる。周りの人に、それを言葉で説明できないのは、壮絶なつらさですよ。大声を出したり、体を動かしたりすることでしか、伝えられないつらさがあるんです。彼らは、困った人なんかじゃない。困ってる人なんです」

人は誰でも、小さな〝自閉〟を抱えているのかもしれない。

机の上を眺めながら、思った。わたしの机には、ペットボトルのお茶が2本、ほうじ茶ラテが1本。ぜんぶ、ちょっとずつ中身が入ってる。

わたしは、喉が渇くのが、すごく嫌なのだ。飲み物がないと、じっと座ってられなくて、なんだか機嫌も悪くなる。だから飲み物を買う。

わたしの小さな〝自閉〟は、幸いなことに、耐えしのぶことができる。社会にあわせて、ねじ曲げることができる。他人とうまくやっていくために、押し込めて、生きてる。

でも、いつか、わかってくれる誰かに会いたい。心の奥で願いながら、さみしさを抱えて、生きてる。時折さみしさを、怒ったり、泣いたり、ぶつけたりしながら。

「どうやったら、儀式をやめさせられますか」

講義の最後に、先生に聞いた人がいた。

「やめさせる？　とんでもない。ぼくたちは儀式の中へ、あえて入っていくんですよ」

なんだかワクワクする響きだった。

③ 馬と儀式と文法と

儀式という言葉を聞くと、２０２０年の冬を思い出す。

編集者さんから、「コミュニケーションの勉強になるから」と熱烈にすすめられ、わけもわからず北海道の牧場にやってきた。雪で真っ白の牧場で、わたしは凍《こご》えていた。なんでこんなことに。

そこで、わたしは一頭の馬と対峙《たいじ》することになった。

「手綱《たづな》を引いて、牧場を一周してみましょう」

馬の飼い主である先生が言う。

間近で見る馬は、想像よりずっと大きくて、凛々《りり》しい。

雪の下に生える草を、無心でハムハムし続けている。

かわいい。ニンマリしつつ、手綱を引いた。

……動かない。

手綱を強めに引いてみたが、動かない。てこでも動かないとはこのこと。

反抗とはちょっと違う。なんて言うか、馬にとっちゃ、最初からわたしなど存在してないみたいだ。

「おーい、こっちやで」

視界にグイッと割り込んでみる。真っ黒の真珠みたいな目は、まるでわたしを捉えてくれない。

動かない。

気まずい。

とても寒い。

ハムハムを眺めている場合じゃなかった。このままだと凍え死ぬ。わたしのあとに順番を待ってる人もいる。呆然と突っ立っているわたしの、なんと情けないこと。

「あっちの草のほうが甘いで！　行こうや！」

大げさに指をさし、新しい草をチラつかせても。

「お願いします……動いてください……」

平身低頭して拝み倒し、たてがみをなでても。

まるで相手にしてくれない。

野良鹿に二度見されたこともつらかったが、馬に無視されるのはもっとつらかった。

思いつく限りの手を尽くした。指も鳴らし尽くし、尻も振り尽くした。こんなに哀《かな》しい舞台があるだろうか。

「そこまでっ」

先生の温情により強制閉幕。

最初から最後まで馬は、わたしを見ようともしなかった。

小屋で昼食をとりながら、絶望に打ちひしがれていると、先生がやってきた。

「馬はね、人間をよく見てるんですよ」

「……はあ」

「馬は草食で、鋭い牙も爪もない。自然界ではとても弱い動物なんです」

微動だにしなかったあの馬に、弱いというのは似合わない響きだ。

「弱いから、他者と生きる強さを持っています」

馬は脳内に、ミラーニューロンという細胞を多く持っているらしい。ミラーは鏡。目の前の生き物を見て、わずかな動きや表情をマネし、同じ感情を自分自身に呼び起こす反応をする。

それは、共振の能力だ。

「馬の目には、岸田さんがどう映っていたんでしょうね」

ドキッとした。

かわいいって褒めながら、わたしは馬を見下していた。言うことを聞かせようと、割り込んだ。もたもたするのが恥ずかしくて、引っ張った。寄り添ってるつもりだった。

そういう、わたしの勝手な都合を、馬は読み取っていた。

「生き物ごとに感じている世界がまるで違います。世界が違えば、道理も文法も違う。岸田さんの文法で、馬を支配することはできませんよ」

顔が熱くなるのは、小屋のストーブのせいではなかった。


その翌日、わたしは再び、馬と対峙した。

話しかけることも、手綱を引っ張ることもしなかった。そばで棒立ちしていた。自信も策もないけど、とにかく、そうした。

馬を見た。

馬も、わたしを見ていた。

どうして草ばっか食べるんだろう。どうして歩かないんだろう。次から次へと頭に疑問が浮かぶ。あかん、あかん。考えたらあかん。呼吸のたびに上下する馬の鼻を凝視することに集中した。

何分経っただろうか。

寒さで指先の感覚が失くなる。

「あっ……」

歩いた。

馬が、歩いてくれた。

鼻先をわたしの肩あたりに委《ゆだ》ねるようにして、一歩ずつ、ゆっくりと。牧場の柵にぶつかりそうになった。手綱を引っ張ろうか迷ったけど、その前に、スッと馬は進路を変えた。

馬が察して曲がってくれたというより、わたしが馬についていった。馬の意思と、わたしの意思が、溶け合ったようで。ひとつの壮大な生き物として闊歩《かっぽ》してるようで不思議な感覚だった。

「馬と同じ速さで、深呼吸してましたね」

歩き終えたわたしたちを、先生は温かく迎えてくれた。

牧場を後にしても、札幌を後にしても、ぼんやりしていた。

やっと、ほとばしる感情がこみあげて「ウワァーッ」と喜びに震えたのは、新千歳《しんちとせ》空港から離陸する飛行機の中だった。

お土産《みやげ》をいっぱい買ったはずが、ぜんぶ、機内に忘れてきてしまった。

儀式と文法は、たぶん、同じだ。

困ってる人。怯《おび》えてる人。怒鳴ってる人。じっとしている人。すべての人には、その世界でしか感知できない、なにかがある。

じっと見つめて、おそるおそる足を踏み入れて、そっと許される温かさを、わたしはすでに、味わったことがあったのだ。

④ 折れない鶴

行動援護従業者養成研修に来てから、人生の伏線回収をするような発見の連発で、わたしは楽しかった。

だけど、どうやら、わたしのような生徒はめずらしかったらしい。

講義の2日目で、グループワークがはじまり、他の人と話してみるまで気づかなかった。

ここには3種類の参加者がいた。

未経験で、仕事にするでもなく参加したのはわたしだけ。

趣味で平日に4万円も払って、連日の研修を受けに来る変人はそうそういない。

一番多かったのは、すでに福祉の仕事をしていて、職場の上司に言われて参加した人。何人か同僚と連れ立ってきていて、仕事だからか、シャキッとまじめで明るい雰囲気だった。かしましおばちゃんグループみたいなのもできていた。

ステップアップ上等じゃい、ばりばりやっていきまっせ、みたいな人もいたし、

「資格をとるとお給料あがるからねえ。来てみたけど、重い障害のある人の支援は、正直、やってけないかもねえ……」

座りっぱなしの腰をさすりながら、自信なさげに苦笑いする人もいた。

次に多かったのは、就職活動のために参加した人。おじいさんやおばあさんが、定年退職して暇になったから、資格をとって働きなおすそうだ。

実は、そのうちのひとりのおじいさんと、ケンカになりかけてしまった。

「どうしてこの研修にしたんですか？」

世間話で聞いたつもりだったが、

「いや、わからんのですわ」

おじいさんは、ちょっと顔を強張《こわば》らせたあと、カカカッと笑った。

「いやあ、ほんとにね、ワシャなんでここにおるんでしょうね」

タイムトラベラーみたいなことを言う。

「再就職でねえ、探してみたんですけど、なーんも受からんくて。そんでね、よう知らんけど、ヘルパーやったら誰でもできるかなって」

緊張がとけたのか、でっかい声で言うので、一瞬教室が凍りついた。

「せやけど先生がなにを言うてはるんか、全然わかりまへんわ。座っとるだけで資格とれる言うし」

凍った空気をバットで叩き割ったあとも、打席に立ち続けて失言をフルスイングしている。ス、ストライクッ。バッターアウッ。思わず主審を務めそうになる。

「あらあ」

かしましおばちゃんグループのひとりが、声をかけに来た。ああ、ケンカだ。ケンカがはじまってしまう。

「男の人はねえ、どの事業所でも歓迎されますよ。力持ちだもん」

「そうですかあ、はは」

おじいさんは、まんざらでもなさそうに照れていた。わたしだけがポカンとしていた。これが丸く収める大人の対応である。

「わかんないより、やめられるほうが、困るから」

フォローと冗談を混ぜたおばちゃんの言葉に、重い本音を感じた。


「ここからは、みんなで話し合って、支援計画を練ってもらいます」

先生の合図で、わたしたちは机をくっつけた。

障害のある人が生活している映像を見て、困りごとの原因を想像し、どうやって支援していくかを考える時間だった。

ここでわたしは、すすむ、という男に出会った。

すすむは、わたしの５つも年下だった。40歳以上の参加者が圧倒的に多い教室の中では、わたしたちは若く浮いていたので、自然にペアで座るようになった。

すすむは、来年から福祉施設に就職が決まって、今はそこでアルバイトをしているという。

すぐに、彼の様子がおかしいことに気づいた。ボーッとしている。先生が模範解答を板書《ばんしょ》しはじめて、それをみんなが写す時間になっても、すすむの手はピクリとも動かない。

手元のワークシートは、ずっと真っ白だった。眠くて、どこを書き写したらいいか、わからなくなったんだろうか。あるある。そういう置いてけぼり、あるよね。高校の数学の授業とか、わたし、完全にそれだった。

助け船を出そう。

「ホワイトボードのあれ、書くんやで」

ボソッと、すすむに耳打ちした。

彼は弾かれたように大あわてで、写しはじめる。けど、その後も、真っ白が続いた。すすむの目を見る。ちゃんと起きている。

先生が口にする「これを写して」「このページを開いて」「番号に丸をして」という指示に、すすむはことごとく置き去りにされていく。

グループでの話し合いでも、すすむは真っ白だった。ほとんど発言をしない。

うん、うん、と誰かの発言にかぶせるようにして相槌だけは強く打つが、自分が発言する番になると、押し黙ってしまう。

やる気ないんかい。なんやなんや。呆れてしまった。

本当は、そうじゃなかったと、あとで気づいた。

軍手をして鶴《つる》を折っていた時のことだ。指先の不自由さを体験するワークだった。折り紙は苦手だ。鶴なんて特にうまくできたためしがなくて、いつも、腹をふくらませる工程で鶴の内臓が破裂し、大惨事になる。尻尾が裂けて、脚を生やしてしまったこともある。

わたしのようなぶきっちょのために、先生は、鶴の折り方をプリントしてくれていた。それをチラチラ見ながら、なんとか、重心がやけに右に傾いた鶴を仕上げる。二度と飛び立てなそうだ。

さっきのおじいさんは、プリントを一瞥《いちべつ》するなり、

「こんなんやってられんわ」

ポイッと机に紙をリリースしやがった。今宵《こよい》は枕元に鶴の幽霊が立つであろう。

同じく、鶴を折れない状況のすすむを見て、おじいさんが安心したような、親しみを込めるような表情をした。ちがう。すすむはちがう。わたしは気づいていた。すすむはプリントを、穴があくかと思うほど眺めていた。何度も折っては開いて、一生懸命やりなおして、ぐちゃぐちゃになった紙を持っていた。

すすむはとうとう、鶴を折れなかった。

時が止まったみたいに固まっている彼の姿が、あの人に似ていた。弟をスーパー銭湯に連れて行ってくれるはずだった、あの人に。

最初はグループの人たちも、すすむを気づかって、手伝おうとしていた。だけど、彼はフォローの発言をかき消す勢いで相槌をドコドコ打ちまくり、あせるばかりで、話し合いにもついてこれない。

発表の当番だった人が、言い放った。

「すすむくんが発表してください」

すすむはガバッと顔をあげ、目を丸くしていた。

「ぼくたちばっかり発言しているから、やってください。ちゃんと聞いてましたよね」

トゲのある言葉に、おろおろしながら、すすむは教科書をめくった。そこに答えはない。

大きなため息と、小さな笑い声が聞こえた。

「もういいです。どうせわからないと思うんで、かわりに発表します」

ヘルパーは、命を預かる瞬間に、出くわす時がある。現場で働いている人たちが、ここでイライラするのもわかる。

だけど、彼の机の隅《すみ》っこでぐしゃぐしゃにつぶれている鶴を見ると、心がガリガリ削れてしまった。

すすむは、

「あー、うん、はいはい」「なるほどなるほど」「そっかそっか、うーん」

でっかい声で、あんまり意味のないひとり言を連発している。発言をしようとしている。鶴だって同じだ。

いやな雰囲気が漂いはじめたところで、次のテーマを、先生が読みあげた。

「自閉スペクトラム症のある山崎さんは、聴覚が敏感で、外を歩いているときや騒がしいところでは手で両耳をふさいでいます。人が多い場所へ行くと、不安になって大声を出すことがあります。キラキラするものが大好きで、部屋ではキラキラするものが入ったおもちゃを眺めて休憩します。また、水を触ることも大好きで、水道が見えると必ず触りたがり、なかなかやめられないときもあります。

山崎さんと外出するなら、どんな行き先を提案しますか？」

みんなが考えはじめて黙っている時に、すすむが言った。

「ぽ、ぽかぽか温泉……とか……」

すすむが……しゃべった。

神戸市のチベットと呼ばれる、わが辺境の北区民にしかわからんスーパー銭湯をなぜ例に出したのかはさておき。気候に恵まれた都会民たちがポカーンとしていたことはさておき。っていうか、すすむ、同郷かよ。

急な提案に、みんなが微妙な反応をしていた。

わたしは、声をはりあげて、言う。

「めっちゃいいと思いますっ」

すすむがなにかアイデアを出すたびに、それが少しでも良いと思えば、でっかい相槌も打った。

これは、かつて、東京の新聞社に勤める紳士から教わった技である。

「酔っ払いの話ってのはなァ、歌舞伎のごとくドンピシャな相槌を打てば打つほど良い。気持ちよくなって話がどんどん盛りに盛られ、壮大な結末を迎える。お前のその手で、その声で！　酔っ払いを操り！　全米が泣く傑作与太話を作り上げろ！」

どこで役に立つねんそんなもん、と思っていたが、まさかここにきて。

大げさな相槌の連発で、わたしとすすむは、少しずつ、会話に入っていけるようになった。

彼はとにかく自信がなく、話を飲み込んで、考えるのにも時間がかかる。

意見が違えば、じっくり考えなおす。わたしの意見を最後までしっかり聞いて感心してくれる。うれしかった。

素直でねばり強い人だった。

だけど、すすむへの逆風は厳しい。

「そんな意見でなんとかなるなら、現場は苦労しないですよ」

グループの中で否定されることが多くなってきて、ふたりで意気消沈した。

結局わたしたちは場違いの素人なのである。

わたしたちが現場に出れば、周りにかけてしまう迷惑や、呼び起こしてしまうトラブルは、数えきれないんだろう。でも、知識がないとか、飲み込みが遅いとか、そういう本当はケアされるべき人が、ケアされないままに、ケアの仕事に就いていることも、よくあることなんじゃないか。

重い障害のある人への支援は、専門的な知識だけじゃなく、クリエイティブな発想がいる仕事だ。

世界の感じ方が、まったく違う相手を落ち着いて観察し、ありとあらゆる想像を広げ、いくつもの仮説を立て、自分と相手の身の安全を守りながら何度も実践するのだ。他者に寄り添うということに、徹底的に向き合った人だけが、見えるなにかがある。

創造という言葉がふさわしい。

すすむはいつか、すすむ自身とうまく付き合いながら、すすむにしかできない支援ができるようになるかもしれない。

ところが、現場にはそんな余裕がないところがほとんどだということがわかった。時間も人手もカツカツなので、すすむやわたしのような存在は、叱られっぱなしだろう。わからないことがわからない。失敗をカバーしてもらえない。身体や心を壊し、さっさと辞めてしまう。さらに時間と人手が削られ、現場は疲れきってしまう。

せつない。

人に優しくできるときは、自分に優しくできるときだけ。それと同じで、人をケアできる人は、人からケアされた人だと、わかっている。

でも、すすむが、ぽかぽか温泉って言ってくれたとき。わたしはうれしかった。
わたしの弟なら、すごく喜びます。連れてってあげてください。
そう言いたかった。

⑤ エピローグ

当初の目的を忘れてはならぬ。

わたしは弟と、弟の親愛なる同居人が、野球の試合観戦を楽しめるよう、資格を取ったのだ。

同居人の家族にも「岸田奈美さんって、あの、生き恥をさらす文章書いてる人よね。勉強してくださったんなら、安心だわあ」と、思ってもらうために。……本当にそんな必要、あったんだろうか。必要だったのだろうか。

先走りすぎた。まあいいや、講義は楽しかったのである。

わたしは、行動援護従業者になったのだ。

誇らしさにジーンとしていると、ちょうどいいところに、グループホームの管理人さんから電話がかかってきた。管理人さんも、もちろん同じ資格を持っている。こりゃあ驚くぞ。

「いいところに！　あのですね……」

高らかに、朗らかに、資格取得の宣言をするつもりだった。

「お姉さん、野球の試合に行く件ですがね、チケットってまだありますか」

「……あっ、はい、ありますよ」

「ぼくもご一緒したいです！　もう野球が大好きで大好きで……。良太くんたちの送迎も見守りも、しっかりやらせていただきますので、よろしくお願いします」

あいた口がふさがらなかった。

まとめて読み返しながら「あれっ、そういやこれどうなったんだっけ」と、突然の真顔になることが何度もあったので、しばらく回想に付き合っていただきたい。その後の話である。

弟が大金を稼いだので、なにに使うかと思ったら

この本のノンブル（ページ数字）も、弟が書いてくれた。さすがに3冊目ともなれば、こなれた手つきだわと、職人の仕事っぷりを見守っていたら、思わぬことが起きた。なんと、サラサラッと絵を描き始めたのである。弟の絵など今まで見たこともなかった。わたしと母はキャイキャイ笑いながらはやし立てたが、それがわれわれの似顔絵だと気づいたとき、ちょっと泣いていた。

「お金、今度はなにに使うん」

「マンション」
夢もでっかくなっている。

ドライブスルー母

近頃の母は、ご飯を買うより、作りたくなってきたらしく、スーパーマーケットへと通い詰めている。レジ袋を車いすの後ろにひっかけ、座布団の下の網かごみたいなスペースにも、キャベツやじゃがいもをゴロゴロ詰め込んでいる。カンガルーが風呂敷を背負って里帰りするような光景である。驚きの収納力。

週末に集まり、母がコトコト煮込んでくれた代物《しろもの》を食べるのが、家族の恒例行事となった。

国道沿いで、だいじょうぶ１００回

これを書いたことがきっかけで、母とはよく、弟の幼い頃の話をするようになった。なにもかも、どえらく大変すぎて、いつかわたしも子どもを育てられるのだろうかと不安になってくる。でも思い出話をしている母は、大変そうより楽しそうなので、うらやましい。

「死ね」と言ったあなたへ

あれからも、差出人のお母さんと、メールを続けさせてもらった。

いつか会いに行きたいと言ってくれたことが、嬉しくて、今でもくじけそうになったら、思い出している。元気でいますように、元気じゃなかったら、元気になりますように。

桃のカチコミ

反省を活かしてうまいことやってやるぞと、果物の収穫時期をこと細かに調べて届く時期を予想して、新たな返礼品を申し込んだ。

読みを外して、今年（２０２４年）はニューヨーク出張中に、大量のイチゴが家に届いたことを知った。

人生最悪の病院オブ・ザ・デッド

あのあと、知人が怖いもの見たさで行ったらしい。

「ハワイからサーフボード1枚で乗りつけたようなナースが増えていた」と報告を受けた。見てみたい気もするけど、勇気が出ない。

八潮橋には馬がいて

もう二度と運転なんて習うかと心に決めていたが、驚くことなかれ。

今、わたしのこの手には、光り輝く運転免許証が。

人生3度目の教習所に通い、1か月半というたいへんなスピード卒業を遂げた。あの不運の連続はなんだったのか。

教官には3度目ということを恥ずかしくて打ち明けられないまま、次々と試験をストレートで突破し、神童として名を馳せた。晴れて今や、ドラマ「家族だから愛したんじゃなくて、愛したのが家族だった」の撮影で使われた赤い車に乗っている。

学びに行く

みんなで一緒に、京セラドームで野球を観て、とても楽しかった。移動支援の仕事はなくなったけど、弟とかいとくんは永遠に漫才をしていたので、観客としてウケ続けるのがわたしの仕事になった。百本ノックのように、ひたすらガヤをやったら、声がかれた。

そのあと、テレビの企画で、福祉施設に取材させてもらう機会があり、資格がそこそこ役立ったので、むだにはならなかった。

まだまだ書ききれない、小さなことは山ほどあるけど、振り返りながら思うのはやっぱり、だいじょうぶだったということだ。

致命的な状況からなにかをどうにかこうにかこねくり回し、がんばったわけではないのに。

いま、気づいた。

だいじょうぶは、だいじょうぶにするんじゃなくて、だいじょうぶになるのだ。その時はなんともならないほど苦しくて、問題をあきらめて放ったらかしにしておいたとしても、季節が変わり、わたしが変わっていくと、いつの間にかだいじょうぶになっている。

そりゃあ、だいじょうぶになってないことも、まだ、いくつかあるんだろうけど。いまパッと思い出せないぐらいには、忘れてしまっている。

きっとそれでいいのだ。いったん忘れてしまうために、書き続けている。わたしもいつの日か、あのおじさんみたいな神様になれるなら、忘れて天という神様になりたい。

だいじょうぶになった頃、ようやく思い出させてくれる神様である。

「ほらほら、なんやかんや、だいじょうぶやったやん」

贈り物のような励ましとともに。

今日もわたしは、だいじょうぶと言っている。

だいじょうぶの大ぶろしきを、広げるだけ、広げて。モモンガのように、風に乗って飛び去っていく。

忘れた頃、春風に乗って、帰ってきます。

二〇二四年　岸田奈美

岸田奈美（きしだ・なみ）　１９９１年生まれ、兵庫県神戸市出身、関西学院大学人間福祉学部社会起業学科卒業。１００文字で済むことを２０００文字で伝える作家。Forbesの世界を変える30歳未満の30人「30 UNDER 30 Asia 2021」に選出される。著書に、『家族だから愛したんじゃなくて、愛したのが家族だった＋かきたし』（小学館文庫）、『家族だから愛したんじゃなくて、愛したのが家族だった』『傘のさし方がわからない』（ともに小学館）、『もうあかんわ日記』（ライツ社）、『飽きっぽいから、愛っぽい』（講談社）など。

X: @namikishida
Instagram: @kishidanami
note: キナリ★マガジン
https://note.kishidanami.com/

国道沿いで、だいじょうぶ100回

2024年6月3日　初版第1刷発行
2024年7月1日　　　第2刷発行

著　者　岸田奈美
発行人　青山明子

発行所　株式会社小学館
〒101-8001
東京都千代田区一ツ橋2-3-1
編集　03-3230-5623
販売　03-5281-3555

印刷所　TOPPAN株式会社
製本所　株式会社若林製本工場

ISBN978-4-09-387843-2

イラスト・表紙写真　岸田奈美
ノンブル文字　岸田良太

ブックデザイン　祖父江慎＋根本匠（コズフィッシュ）
ＤＴＰ　昭和ブライト
校　閲　玄冬書林
編　集　酒井綾子
協　力　コルク